청소년 소설

파드마,
갠지스강가의 어린 무용수
(Padma, la eta dancistino)

티보르 세켈리 지음
장정렬 옮김
뚜어얼군 그림

티보르 세켈리(Tibor SEKELJ, 헝가리 표기법으로는 Székely Tibor: 1912~1988)는 당시 오스트리아-헝가리 나라의 스피쉬스카 소보타(Spišská Sobota)에서 출생해 유고슬라비아 수보티카(Subotica, Vojvodino)에서 별세했습니다. 1930년 에스페란토에 입문했습니다. 헝가리 출신의 유고슬라비아인으로 세계시민이자 언론인, 연구가, 작가, 법학자, 에스페란티스토로 다양한 분야에서 괄목할 성과를 냈습니다. 그는 남미, 아시아, 아프리카를 탐험하였습니다. 그 탐사의 가장 중요한 목적은 인간 심리의 근원을 밝히고 이해함에 있었습니다.

청소년 소설

파드마,
갠지스강가의 어린 무용수
(Padma, la eta dancistino)

티보르 세켈리 지음
장정렬 옮김
뚜어얼군 그림

진달래 출판사

*이 책에 사용된 중국화가 뚜어얼군(多尔衮)의 작품들은, 역자의
사용요청에, 화가의 호의적인 사용허락이 있었음을 알립니다.

목 차

---

1) 인도의 종교 수행자 또는 성자

한국어판 출간인사

끈기야말로 목표에 도달하는 첩경

이 책을 읽을 독자 여러분께 따뜻한 인사를 나누고자 합니다! 제 남편 티보르 세켈리가 지은 작품 『파드마, 갠지스강가의 어린 무용수-Padma, la eta dancistino』가 한국어로 번역, 출간된다는 역자의 이메일을 받고서 정말 기뻤습니다.

2012년 한국에서 제 남편의 작품 『정글의 아들 쿠메와와』가 전 세계 20번째 언어로 장정렬 번역자에 의해 출간되어 수많은 독자의 사랑을 받았습니다.

2017년 여름, 제102차 세계에스페란토대회가 서울에서 열렸을 때, 한국을 방문해 볼 수 있었습니다. 한국 사람과 우호적인 만남이 있었고, 맛난 음식도 먹어 보고, 아름다운 덕수궁을 비롯한 여러 궁궐도 관람할 수 있었습니다. 한국의 문화와 풍광, 시민들의 매력적인 미소와 친절한 마음 씀씀이를 저는 절대 잊지 못합니다.

저는 이 작품의 번역자 장정렬 씨와 진달래 출판사 오태영 대표, 두 분에게 고마움을 전하고 싶습니다. 이분들의 출간 준비 덕분에, 독자 여러분은 인도의 어린 무용수를 만날 수 있게 되었습니다. 저는 독자 여러분이 이 작품을 즐겁게 읽어 나가기를 성원합니다. 그러면서도 이 작품이 주는 '끈기야말로 목표에 도달하는 첩경'이라는 메시지에 주목해 주시기를 기대합니다.

2021년 6월 12일 엘리자베스 세켈리

1. 귀신 이야기

어느 날, 수천 킬로미터를 여행하고 있던 한 여행자가 인도 라는 나라의 콘다푸르 Kondapur라는 마을에 발걸음을 멈추었다. 여행자 이름은⋯⋯애석하게도 나는 그 여행자 이름을 기억할 수 없다. 그래서 우리는 그의 이름을 간단히 밴드Bend 아저씨라고 부르자. 밴드 아저씨는 트럭을 타고 이 마을 근처에 도착했다. 차가 다니는 도로는 마을에서 오백 미터 떨어진 곳에 있었기 때문이다. 밴드 아저씨는 트럭에서 내려서는 마을을 향해 천천히 걸어오고 있었다. 마을 어귀에서 가장 가까운 곳에 자리한 집들이 있는 곳에 다가서자, 그는 자신이 들고 있던 작은 여행 가방을 땅에 내려놓았다.

야자수 잎으로 만들어진 지붕과 흙으로 지은 작은 집들을 차례로 둘러 보면서 그는 그 자리에서 한동안 선 채, 자신의 손수건으로 이마에 난 땀을 닦고 있었다. 여름날 인도의 마을에서만 느낄 수 있는 무더운 날씨였다.

이 마을에 여행자들의 방문은 흔치 않다. 그 때문에 자기 집 주위에서 일하던 마을 사람 몇 명은 하던 일을 멈추고는 낯선 방문객이 서 있는 쪽으로 걸어오기 시작했다. 그들은 다가오면서 이방인을 이리저리 관찰했다. 그들이 아직 걸어오고 있는 동안, 밴드 아저씨는 마을 사람들이 아주 다양한 방식으로 옷을 입고 있음을 알아차렸다. 어떤 사람들은 일상적인 하얀 셔츠와 꼭 쬐는 바지를 입고 있었고, 어떤 사람들은 "도티"2)라는 긴 허리감개옷차림이었다. 그 차림은 바느질이 전혀 필요 없는 아주 간단한 의복차림이었다. 하얀 긴 천의 한쪽 끝을 잡아 사람의 엉덩이와 넓적다리 주위에 두른 후, 정강이 사이로 꺼내어 허리띠에 말아 넣은 차림이다. 더러는, 중년의 사람들 대부분의 머리 주위엔 천으로 된 긴 줄이 달려, 터번의 모양을 하고 있었다. 청년들의 머리엔 아무것도 쓰지 않았다. 밴드 아저씨는 마을 사람들이 먼저 자신에게 어디서 왔는지 묻기를 기다리고 있었다.

"저는 먼 나라에서 왔습니다."

그는 그렇게 대답했다. 그리고 그는 자신의 주변에 모인 사람들에게 이 마을이 참 마음에 든다며, 이 마을에서 며칠 머물다 갈 수 있었으

---

2) 남아시아 힌두교 문화권의 남자들이 전통적으로 입는 긴 허리감개옷

면 하고 설명했다. 그 말을 들은 마을 사람들은 깜짝 놀라며 서로 쳐다보았다. 여러 해 동안 몇 명의 외부인만 그들이 사는 마을에 다녀간 적이 있었다. 또 만일 누군가 왔다면, 그 사람은 필시 새로운 법률이 공포되었음을 알리거나, 세금을 받으러 온 국가 공무원들이었을 것이라고 했다. 만일 그들의 마을에 누군가 머문다고 한다면, 그들은 그것이 무엇을 의미하는지 이해할 수 없었다. 그 말은 정말 신기하게 들려 왔다. 마침내 밴드 아저씨가 다시 한번 자신은 이 마을에 며칠 머물고 싶다고 분명하게 말하였다. 그러자 그를 향해 말하는 마을 사람이 있었으니, 그 사람은 마을 사람들을 대표한 중년 남자인 쿠마르Kumar라는 이였다.

"그렇다면, 만일 그렇다면, 환영합니다! 하지만, 도시와는 달리 우리에겐 손님이 묵을 별도의 집은 없습니다."

그는 잠시 주저하더니, 이렇게 덧붙여 말했다.

"우리 집에 아들을 위해 마련해 둔, 새 방이 하나 있긴 합니다. 아들은 곧 결혼할 겁니다. 만일 선생께서 원하신다면, 그 방을 한 번 구경해 보셔도 좋습니다."

쿠마르는 그렇게 말하고는 밴드 아저씨의 작은 여행 가방을 집어 들고는 그곳에 모인 사람들 모두를 자신의 집으로 안내했다. 그는 자신이 있어 보였다. 그의 태도가 모든 것을 말하려는 듯이. 그 태도는 마치 이러했다. '오, 우리 마을에 찾아온 손님을 위해 내가 거처를 마련해 줄 수 있다니, 난 얼마나 행복한 사람인가!' 밴드 아저씨는 그 집의 새로 준비된 방에 들어서자, 만족해하며 소리쳤다.

"아주 좋습니다! 제게 이런 행운이 기다리고 있는지 몰랐습니다."

그는 얼굴에 약한 웃음을 머금은 채, 반쯤 밝고도 비어 있던 방의 신선하면서도 온정의 분위기를 느끼며 이리저리 걸어 다녔다. 머리에 초록색 터번을 쓴 좀 더 나이 많은 남자가 -나중에 밴드 아저씨는 그 사람의 이름이 딜리프 Dilip라고 알게 되었다- 말했다.

"저기요, 우리 집엔 아직 한 번도 사용하지 않은 침대가 하나 있습니다. 제 아들은 지금 군대에 가 있습니다. 나는 그걸, 그 침대를 손님에게 줄 수도 있습니다."

그 말을 마치면서 그는 이미 자신의 집을 향

해 가고 있었다. 잠시 뒤 밴드 아저씨는 쿠마르 씨 댁에 거주하게 되었다. 새 손님을 맞은 집주인 쿠마르는 자신의 아내에게 손님을 소개하고 싶었다. "아루나흐, 아루나흐Arunah"라고 두 번 부르자, 푸른 천의, 남루하지만 깨끗한 옷으로 자신의 몸을 감은 중년 여인이 문을 통해 모습을 보였다. 인도에서는 여성의 이런 평복을 사리 라고 부른다.

아루나흐는 천천히 또 위엄을 갖춘 채 다가왔다. 여성은 비록 맨발이었으나, 밴드 아저씨는 자신을 향해 귀하고 존중받는 분이 가까이 다가오는 것 같은 인상을 받았다. 그 여인의 두 팔에는 색깔이 있는 유리 팔찌가 여럿 걸려 있었다. 또 여인의 손가락과 발가락에는 은색 반지들이 끼워져 있었다. 그 여인이 가까이 오자, 쿠마르는 밴드 아저씨에게 말했다.

"저 사람이 내 아내올시다."

그러면서 남편은 아내를 향해 몸을 돌려 이렇게 말했다.

"이 분은 우리 집에 오신 새 친구입니다. 손님을 위해 시원한 물을 갖다 줘요."

"나마스떼!"

아루나흐는 마치 기도할 때처럼 두 손을 합장해 이마까지 올리면서 낮은 목소리로 인사를 했다. 밴드 아저씨는 인도의 여러 곳에서 이미 보아 온 그 인사법을 이미 알고 있었다. 그 때문에 그도 두 손을 합장하며 고개를 숙이고, 미소를 지으면서 "나마스떼"라고 인사했다. 곧 안주인은 방에서 나갔고, 몇 분 뒤에 안주인은 토기로 만든 주전자에 물을 채워 들어왔다. 무더운 여름 오후의 시원한 물은 밴드 아저씨에겐 이 세상의 어느 다른 음료수보다도 더 맛났다.

쿠마르는 다른 가족 구성원도 밴드 아저씨에게 소개해 주려고 했다. 그때 마침, 집에 들어선 청년에 대해 쿠마르가 이렇게 말했다.

"이 아이가 제 아들입니다."

청년은 케샤브Keshab라는 이름을 가지고 있었고, 여행자가 추정해 보기로는, 19살 정도가 되어 보였다. 그리고 그는 호의적인 인상이었다. 매끈한 검은 머리카락 한 뭉치가 그의 이마 위로 흘러내렸다.

"케샤브, 자넨 학교에 다녔는가?"

손님은 물었다.

"아닙니다. 여기엔 학교가 없습니다. 하지만

저희 마을을 방문한 몇 명의 도시 사람을 통해 배웠습니다. 이제는 조금씩 인도말로 읽고 쓸 줄도 알게 되었습니다."

"그것 좋군요, 케사브. 자넨 총명한 아이군요. 만일 자네가 더 노력하면 인생에서 더 많이 성취해 낼 수 있어요."

"우리 집엔 딸도 하나 있습니다. 필시 지금 그 아이가 집 밖 어딘가에서 놀고 있을 겁니다."

그렇게 집주인은 말했다. 쿠마르의 아내는 남편에게 낮은 소리로 뭔가를 말하기 시작했다.

"지금 파드마Padma -딸의 이름- 를 찾을 수 없어요. 어딘가로 숨어 버렸어요. 좀 전에 그 아이는 무슨 두려운 것을 보았다고 해요. 그때부터 아주 무서워하고 있어요."

"애들은 언제나 어리석은 놀이에 빠져 있으니."

그렇게 쿠마르는 자신의 아내에게 말했다. 집주인은 자신의 가족 전체를 지금 소개할 수 없어 조금 화났다. 밴드 아저씨가 이제 혼자 방에 남자, 자신의 여행 가방에서 몇 가지 물건을 꺼냈다. 그 뒤 그는 마을에 나 있는 길을 따라 산책하며 마을을 더 알고 싶어 밖으로 나왔다.

그는 마을 주변과 마을 사람들을 알기 위해 호기심에 차 있었다. 자신이 머물게 된 집에서 나온 직후, 그는 열 살의 소녀를 만나게 되었다. 그녀의 얼굴은 창백해 있었고, 두 눈은 무서움을 반사해 내고 있었다. 밴드 아저씨는 이 아이가 파드마 이겠구나 하고 곧 생각했다.

"파드마, 나는 파드마를 지금 찾고 있었어요!"

그는 캐러멜이 든 작은 통을 호주머니에서 꺼내면서 말했다. 파드마는 그 소리에 놀라며, 그 이방인을 쳐다보았다. 마치 그 아이가 '아저씨는 나를 한 번도 본 적이 없는걸요. 그런데 아저씨는 나에게 캐러멜을 주려고 나를 찾고 있었다고요!'라고 말하는 것처럼. 소녀는 열 살의 나이에 비교해 충분히 키가 크고 날씬했다. 소녀의 갈색 얼굴 한가운데 까만 두 눈은 마치 두 개의 까만 불꽃처럼 특별한 반짝임으로 빛났다. 이 모든 것은 마치 까만 폭포처럼, 머리의 가운데에서 나눠진 뒤로 어깨와 등 뒤로 오른쪽과 왼쪽으로 내려와 있는 출렁이는 까만 머리카락으로 인해 틀이 잡혀 있었다.

"나는 밴드라고 해요. 나는 네 부모님 댁에

머물고 있어요. 파드마가 원한다면, 나는 우리
두 사람이 친구가 되었으면 해요."

파드마는 고개를 끄덕였다. 소녀는 그 제안이
아주 놀라웠지만, 이방인이 제안하는 우정을 받
아들였다. 더구나 소녀는 자신과 이 성년 이방
인 사이의 우정이 뭘 의미하는지 전혀 상상조
차 할 수 없었다.

"그럼, 좋아요. 이제 우리는 친구가 되었으니,
파드마가 좀 전에 무엇 때문에 숨었는지 그 비
밀을 내게 말해 줄 수 있겠어요?"

그렇게 밴드 아저씨는 말을 이어 갔다.

소녀는 머뭇거렸다. 그러자 이방인의 호기심
은 더욱더 커졌다.

"이제, 내게 한번 말해 주어요! 파드마를 그렇
게 두렵게 만든 게 무엇이었어요?"

파드마는 인도에서는 흔치 않게 만난, 새 친
구의 푸른 두 눈을 곧장 쳐다보았다. 나중에 소
녀의 시선은 아래로 향해 낯선 친구가 수수하
게 차려입은 회색 의복으로 미끄러지고는, 낯선
친구의 두 손에 멈추었다. 낯선 친구의 두 손이
마치 소녀의 까만 두 눈을 쓰다듬어 주려고 하
는 것으로 보였다. 마침내 소녀는 낯선 친구를

믿기로 하고, 자신의 비밀을 털어놓기로 했다.

"마을에 집을 새로 짓고 있어요. 그 집은 이미 지붕을 올렸어요. 그 때문에 그 집의 안에 들어가 보면 거의 어두워요. 하지만 그 안은 덥지 않아요. 그곳에서 우리가 놀고 있었거든요."

그렇게 말하고는 소녀는 마치 자신이 하는 이야기를 계속하기를 주저하면서 멈추었다. 비밀은 밴드 아저씨가 기대하던 것보다 더 큰 것 같았다. 그의 얼굴은 이제 진지해졌다. 그는 그 이야기를 끝까지 들어보려고 기다리고 또 기다렸다. 파드마는 지금 멈출 수 없었다. 그것은 이방인이 소녀가 믿고 있는 것을 완전히 믿고 있음을 느낄 수 있었다. 그 때문에 소녀는 계속하여 말을 이었다.

"우리가 놀고 있었거든요. 그런데 갑자기 우리가 놀고 있던 어두운 집 안으로 귀신이 달려들어 왔어요. 귀신은 모든 벽으로 달리고 있었어요. 또. 그러다 귀신은 자신이 들어 왔던 문으로 빠져나갔어요."

밴드 아저씨는 한 번 놀려 보려고 했다.

"귀신이 파드마를 벌주러 오지 않았을까요? 무슨 놀이를 하고 있었어요?"

파드마는 자신의 눈길을 아래로 향했다.

"우리가 도마뱀을 잡았어요. 도마뱀 꼬리에 양철통을 매단 채, 우리는……."

"오, 너무 나쁜 행동 하는 친구들은 아니군요."

밴드 아저씨는 소녀를 위로하려고 했다.

"나는 그 귀신이 온 이유를 알 수 없네요. 그런데, 그 귀신이 어떤 모습이었는지. 말해봐요."

파드마의 어깨 위로 늘어뜨린 머리카락의 끝자락이 흔들린 것으로 보아 소녀는 신경이 날카로워 있음을 보여 주고 있었다. 소녀는 눈길을 들지 않고서 마치 속삭이듯이 말했다.

"그 귀신이 어떤 모습인지를 아저씨에게 설명할 수 없어요. 귀신은 어둠 속에서도 반짝이고 있었고, 이 벽에서 저 벽으로 길이 방향으로 달리고 있었고, 위로 또 아래로 달려갔어요. 제가 너무 무서워 큰소리를 지르자, 그 귀신은 가버렸어요."

"파드마, 들어 봐요. 파드마가 본 게 뭔가 모르겠어요. 하지만 그게 귀신이 아니라는 걸 말해 주고 싶어요."

밴드 아저씨는 확실하게 자신의 말을 마무리

했다.

"귀신이 없다는 걸 잘 이해하게 될 거요. 더구나, 우리가 오늘 파드마와 친구가 함께 놀던 그 집으로 한 번 가 보면 더 잘 알게 될 것 같아요."

파드마는 잠시 몸을 떨었다.

"안돼요! 아마 그 귀신이 다시 그곳에 나타날 수 있어요!"

"걱정하지 말아요. 나는 파드마가 생각하는 귀신보다 훨씬 강하거든요. 이젠 가요!"

그들은 불규칙하게 자리 잡은 가옥들 사이의 도로를 따라 걸어갔다. 갑자기 파드마는 새로 짓는 집 앞에 다다르자 무서움 때문에 멈춰 섰다. 밴드 아저씨는 그 새로 짓고 있는 집의 어둠 속으로 그녀를 데리고 들어가려고 했다. 그 집의 안은 바깥과는 달리 시원한 공기를 느낄 수 있었다. 반쯤 어둠도 바깥의 너무 빛나는 햇살 뒤에서 이방인의 두 눈을 편안하게 건드려 주었다. 그러나 파드마는 밴드 아저씨가 그곳의 어느 모퉁이로 들어가는 것을 보기만 할 뿐 더 움직이지 않고 문 앞에 멈추어 섰다. 이방인은 아직도 축축한 벽들을 만져 보고 있었다.

"파드마, 보고 있어요? 여기엔 아무것도 없어요!"

그는 시선을 위로 향했다. 지붕은 빽빽이 엮여 놓은 야자수잎으로 되어 있었다. 그 잎들 사이에서는 뱀조차도 들어 올 수 없었다. 그런데도 그 소녀의 두 눈에서는 그렇게 큰 두려움으로 인해 밴드 아저씨는 그 소녀에게 정말 무슨 일이 벌어졌음을 추측해 볼 수 있었다. 일상적이지 않은 뭔가를, 소녀와 그 소녀의 다른 여자 친구를 공포로 빠뜨린 그 뭔가를. 하지만 그게 정말 뭘까? 그의 눈길은 이제 도로를 따라가 보았다. 도로의 맞은편에는 대문이 활짝 열린 집이 한 채 보였다. 어느 아가씨가 나왔다가 들어가곤 했다. 필시 그 아가씨는 그 집에서 뭔가 준비하느라 바쁜 것 같았다. 밴드 아저씨는 파드마에게 자신의 몸을 돌렸다.

"저 아가씨는 누구지요?"

"저 언니는 사로쥐Sarogh입니다. 저 언니는 결혼식 준비를 하고 있어요. 해가 질 때쯤 저 언니 약혼자의 아버지가 언니를 찾아온다고 해요. 지금 저 언니는 자신의 집을 청소하고, 손님을 맞을 준비를 하고 있어요."

"저 언니가 있는 집으로 가 봐요!"

파드마는 밴드 아저씨를 그 도로를 가로질러 안내했다. 이방인은 "나마스떼"라는 말로 일상적인 인사를 한 뒤, 그 아가씨와 대화를 시작했다. 그는 곧 사로쥐가 정말 아름다운 아가씨구나 하고 알게 되었다. 아가씨는 새로 지은 노란 옷의 사리 아래 아름다운 초록 블라우스를 입고 있었다. 하얀 재스민꽃으로 만든 작은 화환이 검고 매끈한 머리 묶음 주위에서 향기를 내뿜고 있었다. 그녀의 귀걸이는 일곱 개의 금가락지들로 되어 있었다. 또 코 주변에서도 금장식이 있었다. 그녀의 코 왼편에는 백옥들로 된 장식이 걸려 있었다. 모든 인도 여성처럼 그녀도 이마 중앙에 분명하게 또 신선하게 붉은 가루로 칠한 큰 점인, "빈디"[3]를 하고 있었다. 나중에 몇 개의 문장으로 질문하자, 사로쥐는 겸손하게 답해 주었다. 그러자 밴드 아저씨는 그 아가씨에게 물었다.

"언제 아가씨는 이마에 그 예쁜 빈디를 칠했나요?"

"약 한 시간 전에요."

---

[3] 인도 여성들이 양미간에 붙이는 점, 종교적 이유, 기혼임을 알리기 위해 붙임

사로쥐가 대답했다. 분이 든 나무상자, 크림들, 작은 거울과 다른 분장 도구들이 여전히 그 대문 옆에 놓여 있었다. 밴드 아저씨는 분장 도구들이 든 나무상자를 들여다볼 수 있는지 허락을 구했다. 사로쥐가 기꺼이 동의하자. 그는 그 상자에서 작은 사각형의 양면 거울을 꺼냈다. 다시 그는 자신을 그 아가씨에게 향하고는 아가씨에게 물었다.

"이마에 빈디를 칠할 때, 아가씨는 어디에 앉아 있었던가요?"

"저기, 문 앞에요. 빈디는 햇살이 있을 때 칠해야만 합니다. 방에는 빛이 충분하지 않아서요."

밴드 아저씨의 파란 두 눈은 신비한 반짝임으로 빛나기 시작했다. 파드마는 아저씨의 입가에서 아주 작은 미소를 읽어 낼 수 있었다.

"사로쥐, 잠깐 나를 위해서라도 이전에 앉았던 그 자리에 다시 가서 앉으면 안 될까요? 그리곤 작은 거울을 집어 들어, 이마에 빈디를 다시 칠한다고 생각해 봐요. 파드마와 나는 그 모습을 저 도로의 맞은편에 있는 새로 짓고 있는 집에서 한 번 볼게요."

"그럼, 아저씨가 정말 원하신다면, 그 모습을

다시 보여 드릴 수 있어요."

아가씨는 대답하였다. 수줍어하는 아가씨는 왜 그렇게 해야 하는지 연유를 물어보지는 않았지만, 그런 걸 왜 보고자 하는지, 또 이 이방인은 뭐 하는 사람인지 낯설게 보였다. 그래도 아가씨는 이전에 앉았던 그 자리에 가서는 자리를 잡고서 거울을 집어 들었다.

밴드 아저씨는 파드마의 손을 잡고는 파드마를 도로 건너편의 새로 짓고 있는 집으로 데려갔다. 그들이 들어섰을 때, 파드마는 자신이 뱀이라도 발견한 듯이 두려움으로 다시 고함을 질렀다. 그 '귀신', 그 '빛나는 무엇'이 다시 벽을 따라 나타나, 잠시 어두운 장소를 밝히고는 이리저리 달리고 있었다.

"귀신이 어디서 왔는지 알려면, 여기로 들어와 봐요."

밴드 아저씨는 도로 맞은편에 거울을 가리키며 말했다. 새로 지은 집의 문을 통해 사로쥐가 자신의 집 대문 옆에 앉아 어떻게 자신을 아름답게 하는지를 잘 볼 수 있다. 또 어떻게 거울이 햇빛을 반사하고 있는지를 잘 볼 수 있었다. 그리고 때때로 아가씨 손의 움직임에 따라 반사된 빛이 이리 저리로 뛰어다니고 있고, 때로는 새로 지은 집의 창문들을 통해 새 집안으로 침투하기도 했다. 파드마는 갑자기 모든 것을 이해했다. 어찌할 줄 모르는 파드마는 밴드 아저씨의 손을 잡고는 그 아저씨와 함께 그 도로의 맞은편으로 나왔다. 사로쥐가 자신이 거울로 무언극을 해야만 하는 이유를 알아차리자, 사로쥐도 웃음을 내보였다. 그녀는 자신의 한 손으로 파드마 머리카락을 쓰다듬어 주고는, 밴드 아저씨와 파드마에게 작별 인사를 했다. 그녀는 손님들이 도착하기 전에 자기 집에서 할 일이 아직도 많이 남았다. 그리고 아이들의 '귀신'에 더 많은 시간을 허비할 수 없었다. 이제 두 사람의 발걸음이 집으로 향하는 동안, 밴드 아저씨는 다시 파드마에게 캐러멜을 집어 주었다. 그들은 이제 더 귀신에 대해 말하지 않았다.

이제 늦은 오후였다. 그리고 해지기 직전이었다. 파드마와 밴드 아저씨가 쿠마르의 집으로 다 왔을 때, 집주인은 도로로 나와 있었고, 그들을 이렇게 말하며 맞아주었다.

"두 사람이 그렇게 돌아오시니 반갑습니다. 저는 벌써 두 사람을 걱정했어요. 두 사람이 어디 있었는지, 어디 가면 두 사람을 찾아야 할지 몰랐습니다. 두 사람이 서로 만나, 인사를 나눈 걸 보니 기쁩니다."

그러자 밴드 아저씨가 말했다.

"오, 예, 벌써 우리 두 사람은 친해졌어요. 파드마는 제게 이 마을을 소개해 주었고, 곧 시집 가는 사로쥐라는 아가씨와 알게 해 주었습니다. 그리고 몇 가지 이곳 사람들의 흥미로운 풍습에 대해서도 알게 해주었습니다."

"그렇다니 기쁩니다. 파드마는 착한 아이입니다. 비록 저 아이가 때로는 이상한 생각을 하고 있긴 해도요. 그 점은 선생께서 나중에 알게 될 겁니다. 제 아내 아루나흐가 식사 때에도 저희의 정규적인 손님이 되었으면 하고 선생을 초대합니다. 저희는 부유하지 않습니다. 또 우리 마을에서의 식사는 아주 단조롭습니다. 그런 음식이 선생에게 맞을지 걱정이 됩니다."

"식사에 초대해주신다니, 정말 진심으로 감사드립니다. 그리고 저는 기꺼이 그 초대에 응하겠습니다. 주인장께서는 이 댁의 음식이 맘에 들지 전혀 걱정하지 않으셔도 됩니다. 저는 인도에 온 지 오래됩니다. 저는 이미 여러분의 식사 방식에 익숙해져 있습니다."

"지금이 바로 저녁 식사시간입니다. 아루나흐가 이미 모든 걸 준비해두었습니다. 우리는 손을 씻고 방으로 들어갑시다."

쿠마르가 덧붙였다. 그렇게 말한 뒤, 쿠마르는 물이 담긴 주전자를 가져와, 그 주전자를 밴드 아저씨에게 붓자, 아저씨는 자신의 손을 씻었다. 나중엔 같은 물로 아저씨는 자신의 얼굴도 씻었다. 그 뒤, 이번에는 손님이 그 주전자로 주인을 위해 물을 부어 주려고 그 주전자를 받으려고 했으나, 집주인은 이를 사양하고는 자신의 왼손을 이용해 직접 물을 부으면서, 아주 능숙하게 자신의 오른손을 씻었다. 그들은 많지 않은 가구가 놓인, 그것도 아주 단순한 가구가 놓여 있는 방으로 들어섰다. 방안의 한 벽에서부터 길이 방향으로 좁다랗지만 긴 양탄자가 펼쳐져 있었고, 그 위로 그들은 나란히 앉았다. 열린 문을 통해 그들은 아루나흐가 마당 한가운데 놓인 열린 화덕 옆에 웅크리고 앉은 채, 인도 빵의 일종인 차파티4)를 굽고 있었다. 안주인은 주먹 크기로 이미 만들어 놓은, 작은 밀

---

4) 밀가루로 만든 얇고 납작한 빵

가루 반죽들을 집어 든 채, 이를 손바닥 사이에서 둥글고 얇은 조각으로 마치 팬케이크처럼 펼친 뒤, 이것들을 두 개의 튼튼한 돌로 지지가 되는, 불 위의 뜨거운 철판 위로 연이어 던져 놓았다. 이삼 분이 지나자 그 반죽을 뒤집어 놓아 다른 쪽도 어느 정도 갈색으로 변하도록 했다. 그렇게 또 몇 분이 지나자, 차파티가 준비되었다. 그렇게 해서 얇은 쇠 접시에 스무 개의 차파티가 준비되자, 아루나흐는 그 음식을 들고 방안으로 들어와, 쿠마르와 밴드 사이에 놓인 양탄자 중앙에 그 접시를 놓았다. 그 뒤, 안주인은 바깥으로 나가 신선하게 씻어둔 바나나 잎사귀 두 개를 가져와, 이를 두 남자 앞의 양탄자 위에 각각 놓았다. 바나나 잎사귀는 이 미터 정도 자랄 수 있다. 그러나 잎사귀가 아직 어린 잎일 때, 일 미터의 길이가 될 때는 신 초록으로 반짝거린다. 그때는 신선하고 누구도 손대지 않은 것 같았다. 그때, 사람들은 그런 나뭇잎을 잘라서는 두 조각으로 내면 일회용 즉흥 '접시'가 된다. 즉흥 접시 위로 안주인은 작은 가마솥들과 냄비들에서 퍼온 반쯤 둥근 뭉치의 밥, 감자, 렌즈콩들을 순서대로 놓았고,

한편으로는 작은 쇠그릇들에는 안주인이 완두로 만든 물기가 있는 음식들과, 기[5]와 인도 정통 카레[6]를 가져 왔다. 마침내 안주인은 금속 잔에 따뜻한 수프를 가져왔다. 만일 안 주인이 숟가락이나 젓가락을 가져오기를 기다리는 이가 있다면 아무리 기다려도 가져다주지 않을 것이니, 기다리지 말아야 한다. 인도에서는 전통적으로 사람들이 손으로 음식을 먹는다. 더 자세히 말하자면 오른손가락들을 이용해서 먹는다. 오른손은 '깨끗한' 손으로 여기고, 왼손은 '더러운' 것으로 여긴다. 오른손으로 사람들은 먹기만 하고, 이 손으로는 더러운 일을 하지 않는다. 반면에 왼손은 먹을 때를 제외하고는 모든 종류의 일에 쓰이는 도구라고 보면 된다. 쿠마르는 자신의 오른손가락으로 밥을 조금 집어 들고는 그 밥을 렌즈콩과 섞어, 카레를 더해, 이 모든 것으로서 자신의 입안에 능숙하게 집어넣을 수 있을 정도의 작은 덩어리를 만들었다. 그러면서도 그는 자신의 손가락이 자신의 입술을 닿지 않게 한다. 그는 수프와 다른 양념들을 이용해 두 번째 덩어리를 만든다. 그렇게

---

5) 인도 요리에 사용되는 정제 버터의 일종
6) 인도사람들의 전형적인 강한 조미료

차례로, 그렇게 입안으로 그 덩어리들을 집어넣은 뒤, 그는 차파티를 조각내어 먹는다. 이는 마치 다른 지역에서 모든 종류의 음식과 함께 빵이나 밥을 먹는 것과 같다. 밴드 아저씨는 이전에도 이 나라의 다른 지역에서 이런 식사법을 본 적이 있어, 보통은 그가 자신의 호주머니에 숟가락을 넣고 다닌다. 그래서 도시에서 그는 식사 때 자신이 들고 다니는 숟가락을 사용하기를 더 좋아한다. 그러나 지금, 밴드 아저씨는 자신을 손님으로 맞이해 준 사람들과 가능한 한 더 가까이 가고 싶을 때, 밴드 아저씨는 자신의 능력과 가능성에 따라 쿠마르가 하는 방식대로 서툴게 흉내 내 먹어 보려고 했다. 밴드 아저씨는 인도 대부분 지역에서 전혀 고기를 먹지 않는 것을 알고 있다. 달걀은 물론이고 우유도 먹지 않는다. 왜냐하면, 그것들도 동물에서 나온 부산물이기 때문이었다. 인도사람들은 채식주의자들이고, 그들은 동물들을 귀하게 여겨, 자신의 영양을 북돋우기 위해 동물들을 죽이지도 않는다. 그 사람들은 동물의 부산물들을 -이것들의 존재 이유가 새 생명을 창조하거나 지원하는 것이기에- 뺏어 가지도 않는다.

이 사고방식을 밴드 아저씨는 인간 권리의 아주 정직한 이해라고 여기며, 오래전부터 그 자신도 채식주의자가 되기로 했다. 적어도 그가 채식주의자들 사이에 있을 때만이라도. 나중에 우리는 그가 그런 모습임을 보게 될 것이다.

여러 번 안주인은 당근, 비트(사탕무), 붉은 사탕무와 같은 다른 채소들을 내놓았다. 또 후식으로 안주인은 바나나, 야자수 열매, 수박과 다른 과일들을 -그중에 몇 가지는 다른 지역에 사는 사람들은 알지도 못하는 것들- 내놓았다.

그렇게 손님은 식사 중에 뭔가 단조로움을 전혀 느끼지 않았다. 그가 경험한 유일한 것이라면, 그가 여러 음식물로 만든 작은 덩어리를 아주 단단하게 만들지 못해, 자신의 입에 가져가기도 전에 흘러내리거나, 또는 간단히 입안으로 들어가지 못하고, 귀밑으로 미끄러져 버리거나, 가슴 속으로 그만 빠져 버린 것이다. 그러나 그는 그 정도로는 그런 먹는 방식에 흥미를 잃지 않았다. 그는 사람들이 무슨 일이든 계속 연습하면 완벽함에 도달할 수 있다는 사실을 잘 알고 있다. 다리를 접은 채 앉은 자세도 이방인에겐 쉽지 않았다. 그 때문에 그는 식사 중에도 때로 자리에서 일어나, 다리를 뻗고서, 다시 그런 자세를 유지하기 위해 조금 걸어야 했다.

그 밖에도 그를 괴롭히는 것이 하나 있었다. 방 안에서 식사할 때는 남자 두 사람뿐이었다.

"그럼, 안주인과 파드마는 어디에 있습니까?"

그는 여러 번 물었다.

"그들은 부엌 일에 바쁩니다."

언제나 똑같은 대답이었다. 그러나 남자들이 방에서 홀로 식사를 하고 여성들이 그 남자들의 시중을 들게 되지만, 여자들과 아이들은 부엌에서 식사하는 것이 인도 마을 풍습이라는 것에 그는 점차 익숙해졌다. 모든 식사는 두 손을 다시 씻음으로써 끝난다. 마치 그렇게 함으로써 의식이 끝나는 것으로 보였다.

그 날 밤은 손님과 집주인의 대화 속에 흘러갔다.

다음 날, 밴드 아저씨가 파드마를 만났을 때, 그는 어제 '귀신'과 만남이 생각났다. 그래서 그는 자신의 어린 여자 친구에게 아직도 귀신을 무서워하는지 물었다. 그러자 파드마는 짧게 대답했다. "지금은 알아요."

2. 뱀의 조련사

밴드 아저씨는 인도 마을의 생활방식에 조금씩 익숙해졌다. 몇 번 그는 새로 사귄 친구들과 함께 소가 끄는 마차에 앉아 사람들이 논밭을 가는 모습이나 물을 대는 모습을 보러 돌아다녔다.

어느 날, 들판에서 돌아오면서 그는 자신이 거주하는 마을이 특별히 활발해진 모습을 볼 수 있었다. 마을 어귀의 어느 큰 나무의 화관 아래 남자 여자 여럿이 호기심으로 뭔가 내려다보며 서 있었다. 물론, 어린아이들도 그 관찰자들 사이에 끼어 있었다. 밴드 아저씨도 그곳에 도착해, 모인 사람들 어깨너머로 그 안을 들여다보았다. 맨땅에 결가부좌를 한 채 앉아 있는, 뱀을 부리는 조련사가 있었다. 허리 주변을 휘감은 하얀 천이 전부인 단출한 차림의 조련사였다. 그의 머리에는 붉은 터번이 장식되어 있었는데, 터번 끝이 그의 등 뒤에 자유로이 매달려 있었다. 조련사는 마른 호박으로 만든, 배가 큰 이상한 모양의 피리로 단조로운 멜로디를 연주하고 있었다. 그의 결가부좌한 다리 앞에는 반구 모양의 둥근 광주리 네 개가 놓여 있었다. 네 광주리 모두 뚜껑이 덮여 있었다. 처음에 멜로디는 느렸고, 겨우 들릴 정도였다. 점차 그 피리 소리는 소리가 더욱 높아갔다. 음악은 이제 더욱 활달해졌다. 마찬가지로 조련사도 활발해졌다. 그의 두 눈은 갑자기 껌벅거리기 시작했고, 그는 자신의 크고 까만 두 눈으로 광주리 중 한 곳을 뚫어지게 바라보았다. 그의 활달함은 관중들에게로 이전되었다. 밴드 아저씨도 자신의 감정이 고무되고 있음을 느끼고 있었다. 음악은 관중들 사이에서 끊임없는 기다림의 상태를 만들어 내고 있었다. 어느 순간 그 멜로디가 절정에 다다르자, 모두 잠깐 숨을 멎을 정도였다. 조련사는 음악을 멈추지 않은 채 천천히 움직여 자신의 광주리 중 한 개의 뚜껑을 들어 벗겼다. 몇 초가 지났을까. 광주리에서 독이 있는 뱀으로 알려진 코브라의 머리가 보였다.

멜로디에 따라, 또 피리의 흔들림에 따라, 코브라 머리가 한 번은 오른쪽으로, 한 번은 왼쪽으로 움직였다. 어느 순간에는 코브라 목 주위 피부가 마치 부채처럼 펼쳐졌다. 이제는 코브라

목이 사람 손바닥만 한 크기로 변하자, 코브라 목의 뒷면엔 사람 얼굴 같은 모습, 아니면 더 정확히 말하자면, 두 개의 큰 눈과 그 눈들 사이로 긴 코가 보이기 시작했다. 여기 모인 아이 중 많은 아이가 난생처음 코브라를 보았다. 그들은 코브라가 얼마나 위험한지 여러 번 들어왔다. 지금 어떤 이는 만일 저 코브라가 자신을 공격하러 뛰쳐나오기라도 한다면 얼마나 놀라운 일일까 하며 필시 생각하고 있었을 것이다. 그 때문에 코브라가 피리 소리를 따라 광주리에서 완전히 빠져나올 걸 대비해, 아이 중 여럿은 코브라에게서 가능한 한 멀리 있으려고 뒤로 물러섰다. 코브라는 피리가 들려주는 소리에 온전히 매료된 채, 멜로디 리듬을 따라 자신의 이상한 머리를 더욱 빨리 구부렸다. 갑자기 그 독을 가진 뱀은 아주 화난 듯이 행동하기 시작했다. 그 뱀의 갑작스러운 뜀뛰기 뒤로 뱀은 혀를 내보이고, 쉬-익 하는 소리도 냈다. 참석자들은 불쾌감을 숨길 수 없었다. 뱀은 조련사가 이끄는 방향에서 뛰기 시작했다. 조련사는 결가부좌한 자세에서 좀 물러나 있었지만, 뱀은 이 싸움에서 물러나지 않았다. 뱀은 자신의 주인을 물기세로 계속해서 뛰어다녔다.

"뱀이 저 사람 물겠어!"

쿠마르가 조련사 옆에 서 있던 남자에게 말했다. 밴드 아저씨는 순간 파드마를 찾고 있었다. 파드마는 이전에도 여러 이야기를 들은 적이 있었다. 어느 이야기에 나오는 뱀이 다른 이야기에 나오는 뱀보다 더 무섭다는 그런 이야기들을 여러 번 들어 왔다. 그런데 파드마는 독을 가진 뱀이 들어 있는 광주리들에서 충분히 가까운 곳에, 조련사와 가까운 곳에 서 있었다. 하지만 지금 파드마는 자신을 더 놀라게 하는 소리가 나도 호기심 가득한 눈길로 그곳에 서 있다. 하지만 파드마의 두 눈엔 한 점 두려움도 없었다. 파드마는 자신과 가장 자주 놀던 소년인 뷔렌드라Virendra의 손을 잡고 있다. 밴드 아저씨가 그들의 위치를 알아차린 순간, 뷔렌드라는 장난기 어린 미소를 얼굴에 짓고 있는 파드마에게 속삭였다. 밴드 아저씨는 생각했다. '오, 만일 내가 저 소년이 저 소녀에게 속삭이는 것을 들을 수 있다면. 다른 사람들 모두가 저 조련사가 만들어 놓은 위험 때문에 걱정이 가득한데, 저 어린 장난기 많은 소년은 마치 뭔가 장난을 준비하는 것 같네.' 이제 조련사는 그 뱀을 조종하는 것에 성공했다. 그는 뱀을 다시 자신의 광주리 안으로 들여 넣고는 곧장 그 뱀의 광주리 뚜껑을 덮는 일에 성공했다. 모인 사람들은 조련사의 용기에 감탄하고, 그의 성공적 행동에 감동이 되어 웅성거렸다. 조련사는 그 기회를 이용해, 이미 시작한 공연에 대해 대가를 받으려고 모인 관객들로부터 자유로운 선의의 선물인 동전을 모으려고 했다. 모두 자신들이 할 수 있는 한, 한두 개의 동전을 던져 주었다. 왜냐하면, 모두 공연의 효과적 시작에 만족하고 있었다. 돈을 지니지 않은 이들은 조련사를 위해 약간의 음식을 제공했다. 어느 아주머니는 신선한 바나나잎 조각 위에 밥 한 주먹을 가져왔다. 다른 아주머니는 두 개의 차파티를 가져 왔다. 조련사는 네 마리의 뱀과 함께 자신의 마술피리가 참여하는 공연을 이어 갔다. 태양이 지자, 관중은 이제 지금까지 보고 또 체험한 모든 것에 감동을 한 말을 서로 건네면서 헤어지기 시작했다. 그동안 조련사는 관중들이 가져다준 수수한 선물들로 저녁을 먹기 시작했다. 식사를 마친 뒤, 종일 걷고 여기서 행한 공연으로 피곤해진 조련사는 자신의 뱀들과 함께 공연했던 바로 그 나무 아래 자신의 잠자리를 준비하기 시작했다. 그의 '잠자리'는 아주 간단했다. 두 장의 회색 수건이 전부였는데, 한때 그것들은 아마도 흰색이었을 것이다. 수건 하나를 땅에 펼친 뒤 그는 그 위에 눕고, 다른 수건 하나를 덮는 이불로 이용했다. 자신의 머리 아래 놓인 그의 손 하나가 자신에겐 가장 푹신한 방석이 되었다. 그가 곧장 잠에 빠져든 것으로 보아, 그것이 인도의 아주 다양한 지역에서 여행길에 잠자는 그의 일상적 방식이었다. 이젠 어둠이 완전히 마을을 뒤덮었다. 그리고 마을 사람들의 마지막 목소리도 들리지 않았다. 귀뚜라미들조차도 그의 잠을 어떤 형태로든지 방해하지 않으려고 잠자코 있었다.

그런데, 한밤중의 어느 시각에 마을의 어느 집에서 두려움으로 외치는 소리가 갑자기 들려왔다. 그 외침은 온 마을에 들려 왔다. 그 소리에 놀란 인근의 다른 집의 사람들이 잠에서 깼다. 곧 도로에 많은 사람이 보였다. 몇 명의 남자는 불타는 횃불을 들고 외치는 소리가 나는 집으로 길을 비추었다. 마을 사람들은 모두 그곳으로 향했다. 사람들은 아직도 그 외치는 소리를 들을 수 있었다.

"저기요, 이 집에요!"

"맨 먼저 보는 사람이 그걸 죽여!"

아무도 코브라를 화제로 말하고 있지는 않지만, 모두 그게 이 낭패의 주인공일 것으로 알고 있었다. 모든 마을 사람들은 코브라가 자신의 조련사가 마련해 준 광주리에서 자유로이 빠져나오는 데 성공해, 이 집까지 어떻게 도달할 수 있었는지를 스스로 묻고 있었다. 아무도 기대하지 않은 순간에 그 뱀은 그 집의 여러 창 중 한 곳의 가장자리에 나타나서는 벽을 따라 천천히 기어가기 시작했다. 여자들은 무서워 고함을 지르면서 내빼기 시작했다. 남자들은 서로를 향해 뭔가 외치고, 동시에 뭔가를 말해 모두가 이 상황을 이해하도록 했다.

순간, 기대하지 않은 일이 벌어졌다. 뷔렌드라와 파드마가 에워싼 사람들을 헤쳐 길을 내어 기어 왔다. 그들은 뱀에게로 곧장 다가갔다. 에워싼 사람들은 위험하다고 고함을 질렀다. 그러나 그 두 아이는 마치 아무것도 듣지 못한 것처럼 앞으로 나아 갔다. 두 아이는 그 뱀에게서 두 걸음 앞에 섰다. 그때 뷔렌드라 소년은 코브라의 목을 두 손으로 붙잡았다. 동시에 파드마는 회초리처럼 여기저기로 때리는 뱀의 꼬리를 자신의 맨손으로 붙잡는 데 성공했다. 사람들은 자신들의 눈앞에 벌어진 일이 믿기지 않는다는 듯, 마치 돌이 된 것처럼 서 있었다. 이 사건은 뱀 조련사가 전날 오후에 자신들에게 보여 준 공연보다 훨씬 더 마을 사람들을 흥분시켰다. 두 소년·소녀가 코브라를 잡은 동안 코브라는 마치 미친 듯이 자신을 구부려, 두 소년·소녀의 손아귀에서 벗어나려고 자신을 감았다. 모두에게는 그 나쁜 동물이 넓게 벌린 입으로 인해 - 횃불로 인해 더욱더 잘 보여- 저 용감한 소년·소녀 중 한 사람이 상처를 입을 수도 있겠구나 하고 생각할 정도였다.

파드마와 그 소녀의 가장 친한 남자친구는 그렇게 붙잡은 동물을 단단히 잡으려고 애썼지만, 그들은 이 동물을 어찌 처리해야 할지 모르고 있었다. 두 사람이 자신들을 에워싼 사람들 쪽으로 걸어 나오니, 사람들은 황급히 그 작은 영웅들을 위해 자유로이 길을 내어주었다. 그 순간에 어둠 속에서 고함을 질러대는 공황 상태의 다른 목소리가 들려 왔다.

"무슨 이런 일이 있어? 내 코브라가 어디 갔지?"

곧장 코브라가 사라진 광주리를 들고 뱀 조련사가 달려왔다. 그는 마을에서 소동과 외치는 소리를 듣자, 곧 깨어서는 자신의 소유물들이 제대로 있는지 광주리들을 일일이 확인했다. 광주리 중 하나가 비어 있음을 알았을 때, 그는 낭패감이 들었다. 모든 사람은 광주리의 뚜껑이 내뺐던 뱀의 위로 다시 닫히자, 그때야 평온을 되찾았다. 자신이 관리하는 뱀들을 잘 관리하지 못한 조련사는 마을 사람들의 욕설과 비난이 겁이 나, 황급히 달아나 버렸다.

파드마와 뷔렌드라는 갑자기 자신의 어버이, 이웃과 친구들의 눈에 영웅이 되었다. 뷔렌드라의 어머니는 두 눈에서 눈물을 흘리다가, 아들의 용감한 행동에 감동해 자신만만하게 말했다.

"너희 돌아가신 할아버지께서 너를 보셨더라면, 그분은 이 세상에서 너를 가장 든든하게 여기실 것이다."

밴드 아저씨도 그 어린 영웅들을 향해 다가가는 데 성공했다. 그는 파드마와 파드마의 남자 친구에게 한마디도 하지 않은 채 껴안아 격려해 주었다. 그런데, 누군가의 수군거리는 소리가 마을 사람들 사이에 들린다는 것보다는 볼 수 있다고 하는 편이 더 낫겠다. 조금 전까지 화를 낸 눈길들이 여러 방향으로 향했고, 밴드 아저씨는 자신도 그런 눈길의 목표가 된 것 같은 느낌을 받았다.

어떤 순간에, 밴드는 처음부터 그 남자와의 만남을 피해 왔다. 밴드는 라잡Raghap이라는 사람이 불평하는 말을 들을 수 있었다.

"낯선 사람이 우리 마을에 온 뒤로, 이상한 일이 우리에게서 자주 일어나네. 앞으로 무슨 일이 또 벌어질지 누가 어떻게 알아⋯⋯."

밴드는 자신을 저 뱀이 도망친 것과 관련지어 추측하는 것이 마음에 들지 않았지만, 그 일에 대해 아무것도 못 들은 채 참고 있기로 했다. 밴드는 자신을 직접 지목해 고발하는 경우를 제외하고는 그런 일에 끼어들고 싶지 않았다.

사람들은 이제 각자 자신의 집으로 향했다. 머지않아 마을은 다시 깊은 잠으로 빠져들었다.

다음 날 아침, 마을 사람들은 좀 잠이 부족한 채 일어났다. 그들 대화의 유일한 주제는 전날 밤에 일어난 사건이었다. 밴드 아저씨도 일찍 잠자리에서 일어나, 마을 우물이 있는 곳으로 걸어갔다. 그는 파드마가 자신의 머리에 큰 주전자를 인 채, 우물로 가고 있는 것을 보았기 때문이었다. 그는 파드마가 주전자에 얼마나 조심스럽게 물을 채우는지 관찰하고 있었다. 그때 그는 갑자기 질문해 파드마를 놀라게 했다.

"어제 오후, 저 나무 아래 춤추는 뱀을 보면서 뷔렌드라와 너 두 사람이 속삭인 것을 내게 말해 줄 수 있겠어요?"

파드마가 혼비백산했다.

"아무것도요! 그 아이는 아무 말도 하지 않았어요."

그 질문에 소녀는 그렇게 혼비백산해 주전자 옆으로 물을 쏟기 시작했을 정도였다. 밴드 아저씨가 주전자에 물을 다 채우는 일을 도와주었다.

"내가 뭔가 들은 게 있어요. 소년이 정확히 그것을 파드마에게 말했는지는 모르겠어요. 나는 파드마가 언젠가 이야기해 줄 것으로 기대할게요."

파드마는 조용히 물을 가득 채운 주전자를 들

고 집으로 향했다. 밴드 아저씨는 천천히 소녀를 뒤따랐다. 그는 더 묻지 않았다. 그는 뷔렌드라의 비밀스러운 속삭임에 대해 더는 아무것도 듣지 못할 거로 확신하고 있었다. 그런데, 그가 이미 아무것도 기대하지 않은 순간에 파드마가 말을 시작했다.

"뷔렌드라가 내게 말하기를, 저 조련사는 우리에게 거짓말한다고 했어요. 그는 코브라의 독이 나오는 이빨이 모두 뽑혀 있다고 했어요. 그리고 나는 그게 정말인 것을 볼 수 있었어요."

"그럼, 너희 두 사람 사이에선, 너희들이 그 뱀을……. 약속이 없었나요? 파드마는 내가 무슨 말을 물어보려고 하는지 이해가 되지요?"

"파아아드마아아아!!!"

멀리서 파드마 어머니가 익숙한 목소리로 외치는 소리가 들려 왔다.

"지금 서둘러야 해요. 엄마가 저를 기다리고 있어서요."

파드마는 놀라면서, 서둘러 자신의 머리 위로 주전자를 올려놓고는, 마치 뛸 듯이 밴드 아저씨를 떠났다. 이방인은 다시 우물로 가서 오랫동안 우물 주위에 앉아, 우물의 어두운 깊음 속을 내려다보았다. 때로는 이 세상의 모든 어린 아이가 장난을 벌인다는 걸 알고 있는 사람의 미소가 그의 얼굴에 떠올랐다. 밴드 아저씨는 다시는 뱀에 관해 이야기하지 않았다. 그 때문에 실제로 인도의 작은 마을 콘다푸르에서 흥분된 그 날 밤의 사건에 대해 영원히 비밀로 남아 있었다.

중국화가
뚜어얼군
(多尔衮)
의 작품

3. 아름다운 봄

"인도에서는 겨울엔 춥지 않네요. 한 해의 다른 계절에 비교해 다소 서늘할 뿐이네요. 그 때문에 이 나라에서 봄이란 다른 대륙에서처럼 자연이 다시 태어난다는 뜻은 아니군요."

"그래요, 나는 알아요."

파드마가 대답했다.

"아저씨가 나에게 말씀해 주셨어요. 아저씨의 나라에는 겨울에 눈도 내린다면서요."

파드마와 밴드 아저씨에게는 이런 대화가 우연이 아니었다. 요즈음 이 마을에서는 봄의 시작을 알리는 홀리 축제[7]를 맞이하기 위한 대대적 준비가 시작되었다. 나이 불문하고 마을 사람들 모두 자신들이 좋아하는 이 축제의 성공을 위해 이바지하려고 애썼다. 어떤 이는 마을 한가운데에 불을 피울 크고 작은 나뭇가지들을 잘라 왔다. 다른 이들은 집 안의 청소, 정리 정돈과 페인트칠로 바빴다. 또 다른 이들은 다양한 색깔의 가루를 준비하여, 색 가루를 물에 풀면서도 준비에 즐거워했다. 마을 사람들의 분주

7) 인도의 음력 12월(그레고리안력으로는 보통 3월 초) 보름날인 15일에 열리는데 보통 3~4일에 걸쳐 열린다.

함은 대단했다. 그 축제의 전날 저녁, 콘다푸르 마을주민들은 마을 한가운데 놓인 큰 노천 화롯불 주변에 모였다. 커다란 불의 화염은 어둠 속에서 아주 높이 올라갔다. 이 불길은 이제 홀리라는 축제가 시작됨을 뜻했다. 그 불길이 가장 활발하게 빛을 발할 때, 쿠마르의 이웃인 중년 남자 -라마라는 이름을 가진 사람- 가 마을 남자들이 며칠간 몰래 준비한 형형색색 종이로 만든 사람 모양의 커다란 인형을 가져 왔다. 그리고는 그가 화롯불 주변을 한 바퀴 돌자 모두 손뼉을 쳤고, 아이들은 환호성을 질렀다. 그렇게 한 바퀴를 돈 뒤 그는 그 인형을 큰 불길 속으로 던져 버렸다. 동시에 모두는 외쳤다. "부정한 것은 물러서거라!"."악귀는 물러가라!"."악귀는 없어져라!"

인형을 불 속에 던져 넣은 뒤, 마을 사람들은 옛 풍속에 따라 이 세상에서 나쁜 것이면 뭐든 이 세상에서 없어지기를 기원했다. 그 때문에, 특히 나이 많은 사람들은 아주 만족한 표정으로 저 불길이 점차 그 인형의 나무 뼈대로 번져 가며 인형에 호의를 베푸는 것을 바라보고 있었다. 동시에 소년들과 몇 명의 소녀는 특별한 유쾌함을 보이면서 불 주위에서 뛰기도 하고, 귀엽게 외치기도 하였다. 큰 불길의 주변에서 축제의 서막은 그리 길게 계속되지는 않았다. 이제 불길이 잦아들자, 더 나이 많은 이들은 일어나 자신의 집으로 뿔뿔이 흩어져 가기 시작했다. 그들 뒤로 아이들도 잠자러 자신의 집으로 가기 시작했다.

태양이 자신의 옅은 노란 반짝임으로 온 마을을 비추는 아침이 되었다. 집마다 유쾌하게 떠들썩한 소리가 들려 왔다. 남자들은 깨끗한 셔츠를 입었고, 여자들은 아름다운 사리를 입었다. 모든 얼굴에는 기분 좋은 표정이 뚜렷했다. 밴드 아저씨는 이 민속 출제에 대해 아주 관심이 많았다. 그래서 그는 이 축제의 세세함까지 놓치지 않으려고 도로로 나와 보았다. 도로로 나와 보니, 그는 이미 수많은 마을 사람들이 도로에 나와 있음을 알 수 있었다. 그리고 그들 모두 자신의 손에 뭔가 들고 있었다. 그것은 항아리 또는 양동이, 병 같은 것이었다. 바로 그 때, 놀라운 일이 일어났다. 남자들이 붉은색 가루를 다른 사람에게 붓기 시작했다. 갑자기 다른 사람은 또 다른 사람의 얼굴에 축축한 초록 물감을 쏟아부었다. 그러면서도 그는 다른 사람이 입은 깨끗한 셔츠가 더럽혀지는 것을 전혀 개의치 않았다. 곧 푸른색과 노란색이 양동이, 항아리와 주전자에서 보였다. 그리고 반 시간 뒤, 이미 남자들과 여자들과 아이들도 보였다. 모두 머리에서부터 발까지 형형색색으로 칠해져 있었다. 그리고 친구나, 이웃이나 다른 사람이 남녀노소 누구에게나 자신이 가진 물감통에서 어떤 종류의 물감을 쏟아부어도 사람들은 전혀 피하지 않았다. 밴드 아저씨가 이 흥분되고도 이상한 장면을 쳐다보고 있는 동안, 어떤 젊은이 둘이 그에게 다가오는 것을 전혀 눈치채지 못하고 있었다. 그 둘 중 한 젊은이가 말했다.

"홀리는 우리의 가장 유쾌한 축제입니다. 아저씨도 저희랑 이 축제를 즐깁시다."

밴드 아저씨는 잠시 머뭇거렸다. 만일 그가 이 축제를 즐기는 사람들에게 속하지 않으면, 그것은 그 사람들의 마음에 상처를 입히게 될 것으로 생각했다. 만일 그가 그들에게 속하게 되면, 필시 사람들은 그에게 물감을 쏟아부을 것이다. 그리고 셔츠와 바지를 씻는 것이 어려워질 수 있다. 마침내 그는 속으로 이렇게 말했다. '만일 저 가난한 사람들이 이 축제에, 이 유쾌함에 자신의 셔츠와 바지를 망가뜨리는 것을 개의치 않는데, 나라고 왜 안되는가?'

순식간에, 여러 젊은이는 자신들이 지닌 양동이와 다른 물감통을 통해 무지개 색깔로 밴드 아저씨에게 쏟아부었다. 이제 그는 모든 다른 사람들과 비슷한 모습이었다; 그의 머리카락, 얼굴, 셔츠, 바지, 그가 입은 모든 것은 다양한 색깔의 축제 모습으로 변했다. 모든 유쾌한 웃음에 파드마도 합류했다. 소녀는 밴드 아저씨가 온 마을 사람들과 함께 놀이를 즐기는 일에 동참하고, 자신의 옷을 더럽히는 것에도 동참하자 아주 기뻤다. 파드마의 옷과 얼굴에도 오늘 아침에 그녀에게 쏟아부은 여러 가지 색깔들로 인해, 다른 사람들의 모습처럼 다양한 색을 하고 있었다.

"새 소식이 어디에서 왔는지 아세요?"

파드마는 유쾌하게 밴드 아저씨에게 몸을 돌려 말했다. 그리고 대답도 기다리기 전에 그녀는 계속 말을 이어 갔다.

"좀 전에 저희 오빠 케샤브Keshab가 이웃 마을에 갔다가 돌아왔어요. 오빠 말로는 아주 아름다운 무용수 한 사람을 그곳에서 만났다고 해요. 그 무용수가 이곳, 우리 마을로 오늘 오후에 온대요."

밴드 아저씨는 기뻤다. 그는 지금까지 인도 무용수를 한 번도 본 적이 없다고 말하고 싶었다. 그때 파드마가 흥분된 채 말을 이었다.

"나는 한 번도 진짜 무용수를 본 적이 없어요. 나는 오래전부터 진짜 무용수를 보는 것을 꿈꾸어 왔어요. 밴드 아저씨, 제가 하는 말을 믿어 주세요. 그 무용수, 만일 그 무용수를 볼 수 있다면, 저에겐 가장 아름다운 날이 될 거예요."

파드마와 그녀의 여자 친구 디파Dipa는 온종일 함께 있었다. 그들은 자신들이 함께 아는 친구들을 찾아갔고, 그 친구들과 함께 도로에서 유쾌하게 무리를 지은 채 돌아다녔다. 그들이 시타Sita가 사는 집에 도착했을 때, 집 밖에서 뭔가 분주한 안주인 시타를 만났다. 시타는 이전에 소들이 풀을 뜯으러 다니는 길에 싸놓은 쇠똥들을 주워 모아놓았던 것을 나무로 된 여물통에서 반죽하고 있었다. 시타는 잘라놓은 짚과 쇠똥을 섞은 뒤 반죽하였다. 그리고는 그녀는 반죽한 것을 손바닥 크기로 펼쳐 만들고는 자기 집의 하얀 바깥벽에 차례로 붙여 나갔다. 풍습을 잘 모르는 이라면 시타가 지금 뭘 하는지 이해가 되지 않을 수 있다. 또 왜 그녀가 자신의 집을 더럽히고, 나쁜 냄새를 풍기게 하는지 이해되지 않을 수 있다.

그러나 파드마와 디파 앞에선 그것은 비밀이 아니었다. 그들에겐 시타가 음식 만들 때 쓸 땔감을 준비하고 있음이 분명해 보였다. 그렇게 붙여둔 덩어리들이 며칠 뒤 마르게 되면, 벽에서 떼기 쉽게 되고, 집 한쪽에 원뿔꼴 모양의 딱지들처럼 쌓아 둔다. 그렇게 하면 그녀는 한 해 동안의 땔감을 확보할 수 있었다. 왜냐하면, 마을 주변에서는 나무들이 많지 않아, 다른 땔감이 없기 때문이었다. 여러 겹으로 쌓아 둔, 딱지 같은 땔감이 사람 키만큼의 높이로 집 옆에 놓여 있다. 이 땔감을 마련해 두었다는 것은 시타가 정말 일 잘하는 안주인 임을 입증해 주었다. 같은 거리에서 파드마와 디파는 일을 하는 다른 안주인을 만났다. 그녀의 이름은 푸시파Pushpa였다. 소녀들은 저 멀리서 그 안주인에게 인사를 했다.

"나마스떼, 푸시파 아줌마, 일하세요?"

"이것도 부족해. 왜냐하면, 너희들도 보다시피 집안에 벌여놓은 축제일 이전의 청소를 방금 마쳤거든."

정말로 그 청소는 오래전에 마쳤고, 지금은 푸시파 아줌마가 집을 칠하고 장식하는 것에 바빴다. 아줌마는 자신의 집안 구석구석을 뒤져 가장 작은 빵 조각을 찾아내고, 모든 벤치와 상자들 아래의 경우 보이는 거미집들도 찾아내었다. 아줌마는 쇠똥을 여물통 안에 넣어 물과 섞고 있었고, 그런 갈색으로 된 물을 헝겊 조각에 묻혀 마치 붓처럼 사용하여 자기 집의 땅바닥을 매끈하게 또 통일되게 색칠하기 시작했다. 그러자 그 바닥 표면은 그것에 익숙한 이들에겐 반가운 냄새를 풍겼다. 이는 동시에 마을마다 간혹 진짜 재앙이 되기도 하는 모기들과 다른 해충들을 내쫓는 효과를 가져다준다. 아줌마는 방바닥에 색깔을 칠한 뒤, 파드마의 키 높이보다 높은 위치의 벽도 칠하였다. 아줌마는 마찬가지로 앞서 빗자루로 잘 쓸어 둔, 대문 앞의 네모난 땅도 칠했다. 그리곤 곧장 아줌마는 방금 칠한 표면을 장식하기 시작했다. 먼저 아줌마는 칠이 된 사방 벽의 가장자리에 석회로 줄을 하나 긋고, 물결무늬의 선을 긋고는 작은 원들을 그렸다. 또 그곳에 사람 모습이나 말이나 코끼리 모양을 그렸다. 이 모든 것은 이미 칠한 방과 완벽한 조화를 이루었다. 그리고 아줌마는 집 앞에 칠한 표면 위에도 비슷한 일을 하기 시작했다. 그곳을 아줌마는 자신의 집으로 향하는 출입구를 위엄스럽게 보이려고 원도 그리고 하얀 레이스도 그려 넣었다. 이 장식하는 행위는, 물론, 소녀들에게도 잘 알려져 있다. 왜냐하면, 어떤 축제가 있을 때면 이 마을 여인들은 자신들끼리 누가 자신의 집과 집 주변을 가장 잘 장식하는지를 두고 자주 경쟁하게 된다. 하지만 그들은 기꺼이 푸시파 아줌마의 일을 관찰하고 있었다. 사람들은 언제나 뭔가 새로운 것을 배울 수 있다. 오후가 되자, 마치 우연인 듯이 소녀들이 마을 어귀에 모습을 보였다. 그곳에서 남쪽으로부터 이미 온다고 알려진 무용수를 소녀들은 기다리고 있었다.

"아직 어디에도 무용수가 보이지 않네."

디파가 저 먼 곳을 응시하듯이 두 눈을 찡그리며 말했다. 이번에는 파드마가 큰 소리로 자기 생각을 말했다.

"무용수가 정말 사람들이 말하는 것처럼 그렇게 아름다운지 난 알고 싶어."

그리고 조금 뒤, 그녀는 말을 이었다.

"네 생각엔 무용수가 우리 마을에 들어오면서 정말 춤추며 들어올까, 아니면 간단히 어떤 다른 여성들처럼 걸어올까?"

"뭔가 내 눈에"

바로 그때 흥분한 디파가 말했다.

"저 멀리 뭔가 움직여…. 그래, 무용수가 분명해. 너희도 음악 소리 들리지?"

실제로, 오후 네 시경, 저 멀리서 북을 규칙적으로 두들기는 것은 가무단의 순회 공연단이 곧 도착함을 알려 주고 있었다. 작은 공연단이 마을에 들어섰을 때, 마을 사람들 모두 도로에 나와 있었다. 작은 공연단의 맨 앞에는 큰 널빤지를 들고 한 청년이 보였다. 널빤지에는 잘 쓰인 글자들은 아니지만, **'중앙 인도 예술단'**이라고 씌어 있었다. 그 젊은이 뒤에는 두 연주자가 걸어오고 있었다. 한 사람은 자신의 배 위에 큰 북을 매달고서 그 북을 열정적으로 두들기고 있었고, 다른 한 사람은 입가에 피리를 물고 있었다. 피리가 온화하게 음악 소리를 내었지만, 큰 소리가 나는 북소리 때문에 피리 소리는 겨우 들릴락 말락 하였다. 그 뒤로 무용수가 왔다. 그녀는 우리 마을로 들어오면서부터 무용 걸음걸이로 걸어왔다. 동시에 그녀는 자신의 두 팔을 마치 두 마리의 장난스러운 뱀인 양 돌리는 자세를 취하기도 하고, 감는 자세를 취하기도 하였다. 무리의 뒤에는 두 사람의 다른 연주자들이 있었는데, 한 사람은 작은 북과 심벌즈를 들고 있었고, 다른 한 사람은 트럼펫을 들고 왔다. 뒤따르는 연주자들은 한 번도 쉬지 않고 연주를 했지만, 동시에 그들은 연극에 쓰는 장식물들과 가난한 예술단의 개인 의복을 실은 작은 수레를 한 손으로 끌고 있었다. 무용수는 파드마가 기대한 것처럼 정말 아름다웠다. 물론 다채로운 복장과 얼굴의 분장 때문에 무용수는 더욱 아름다워 보였고, 동작 하나하나를 돋보였다. 무용수의 블라우스는 불처럼 빨간색이었고, 블라우스에 고정해 놓은 작은 거울 조각 조각이 그녀가 동작할 때마다 반짝거렸다. 노란 비단으로 만든 넓은 치마 아래, 발목 주위로 무용수에게는 여러 열로 된 방울들이 달린 가죽끈

이 있었다. 그 방울들은 무용수가 움직일 때마다 조화롭게 소리를 냈다. 또 발목 주위에 무용수에게는 두 개의 무거운 은방울이 달려 있었다. 무용수의 손가락들과 두 발에는 은반지들이 장식되어 있었다. 무용수의 코와 귀에는 다양한 색의 팔찌, 목걸이, 장식물이 달려 있었고, 이마에는 금빛 작은 보석상자가 매달려 있었다.

그 무용수가 도착하기만 기다려온 관중의 한 가운데로 무용수가 모습을 나타냈다. 관중의 가장 내부의 원에 속한 사람들은 맨땅에 앉았고, 다른 큰 원들에 속한 사람들은 더 바깥의 열에서 무릎을 꿇거나, 선 채 있었다. 무용수는 춤을 시작하기에 앞서, 자신의 얼굴 앞에 두 손을 합장해 인사하고는, 신들에게 바치는 어떤 기도문을 중얼거리듯이 잠깐 그렇게 섰다. 무용수는 음악 리듬에 따른 가벼운 무용 동작으로 움직이기 시작했다. 그리고 조금씩 조금씩 음악이 활발해지듯이, 무용수의 동작도 더 활발해졌다. 무용수의 붉게 칠한 발은 빠르게 뛰어오름과 작게 뛰어오름의 모습을 보여 주었다. 그러자 방울들이 춤에 리듬을 더해 주었다. 어느 순간, 무용수가 더욱 세련되고 또 탄력적으로 자신의 몸을 굽히자 마치 그녀 등의 척추가 없는 것으로 보였다. 무용수는 자기 몸의 모든 부분을 이용해 춤을 추었다. 모든 동작 중 가장 아름다운 것은 손의 움직임이었다. 어느 순간에 두 손은 마치 날고 싶어 하는 새의 모습을 하고 있었다. 그리곤 곧장 그 손들은 샘에서 물을 먹는 사슴 모습으로 바뀌기도 하고, 때로는 약한 바람에 흔들리는 나뭇잎 같은 모습을 하기도 하였다.

때때로 밴드 아저씨는 파드마를 쳐다보았다. 파드마가 미동도 하지 않은 채 감동한 채 보고 있는 모습으로 보아, 파드마는 저 무용수와, 무용수의 동작 하나하나에 정말 매료되어 있음을 보여 주었다. 또 파드마 자신이 장래의 어느 날 저렇게 멋지게 춤출 수 있다면 정말 행복하리라는 것을 분명하게 보여 주고 있었다.

이제 무용이 끝나자, 악사들은 자신들의 공연과, 그 공연으로 마을주민들에게 준 기쁨에 대한 보상을 받으려는 듯이 마을 사람들에게 동전들을 받으려고 관중 속으로 흩어져 갔다. 남자들과 여자들과 젖먹이들은 이제 자리에서 일어나 흩어지기 시작했으나, 아직도 그 신기한 무용수와 악기들을 관찰해온 소년 소녀들이 주로 남았다. 파드마도 그들 사이에 남아 있었다. 파드마는 마치 아직도 무용이 계속되고 있는 듯이, 두 눈을 크게 연 채 무용수를 유심히 쳐다보고 있었다.

"저 무용수가 마음에 드나요?"

밴드 아저씨가 물었다. 파드마는 조용히 고개를 끄덕였다.

"저 무용수에게서 몇 가지 춤동작을 배우고 싶나요?"

파드마는 다시 고개를 끄덕이며, 여전히 충분한 열정을 보였다. 그때, 밴드 아저씨는 무용수에게 다가가서, 눈길이 파드마를 향해 있음을 그 무용수에게 보이면서 무슨 말인가 했다. 밴드 아저씨는 무용수에게 뭔가를 내밀었지만 아무도 그게 뭔지 볼 수 없었다. 무용수는 비록 피곤했지만 파드마를 손짓으로 불렀다.

"얘야, 너도 나처럼 춤추는 걸 좋아하니? 그럼, 이리 와 봐요."

파드마는 당황하였지만, 무용수 옆에 섰다. 파드마는 무용수 옆에서 뭘 해야 하는지, 어떤 행동을 취해야 하는지 모른 채 있었다.

"먼저 내가 지금 하는 걸음걸이를 해 봐요.

이렇게!"

파드마는 주저하면서도 또 좀 서툴게 무용수가 가르쳐 주는 대로 한 걸음 한 걸음을 따라 했다.

"아주 좋아요."

무용수는 파드마를 격려했다.

"이제 혼자서 해 봐요. 두 손으로 이런 동작을 해 봐요. 이젠 머리는 이렇게 움직여 봐요. 아주 잘 하네요. 이젠 발과 손과 머리도 동시에 한 번 해봐요 그렇게, 바로 이렇게."

파드마는 점차 당황스러움에서 벗어나, 가능한 한 정확하게 발걸음과 동작을 되풀이해 보려고 애썼다. 즐거운 마음으로 밴드 아저씨는 그 옆에 선 채, 자신의 여자 친구의 꿈이 어떻게 부분적이나마 실현되기 시작하는지 바라보고 있었다. 파드마는 자신이 직접 알게 된, 또 그때까지는 이야기들만 들어 왔던 진짜 무용수를 통해 지금 춤을 배우고 있다. 이 무용수는 파드마가 지금까지 들어 온 이야기들 속의 무용수들과는 전혀 달랐다. 이 무용수가 진짜, 살아 있는 무용수였다. 그 무용수가 지금까지 들어온 이야기 속의 무용수들처럼 날지 않았지만, 몸을 돌리기도 하고, 마술적 힘으로 뜀뛰기도 하였음은 사실이다. 파드마는 그런 무용수를 직접 만져 볼 수 있었고, 그런 만짐을 통해 소녀는 그 무용수의 어둡지만 따뜻한 갈색 피부도 느낄 수 있었고, 소녀는 그 무용수의 이마에서 큰 땀방울이 어떻게 흘러내리는지를 직접 눈으로 볼 수 있었다. 이 모든 것은 파드마를 정말 즐겁게 해주었다. 왜냐하면, 파드마는 지금까지 언제나 꿈으로만 여겨진 일이 아니라, 자신에게서 실제로 벌어진 상황임을 지금 알고 있다. 이 일 뒤로 지금까지 언제나 있어 온 것처럼 환상에서 깨어나는 것도 아님을 파드마는 알게 되었다.

그러나 이런 가르침도 오래 할 수는 없었다. 예술단은 이젠 이웃의 다른 마을로 가야만 했다. 작별에 앞서 파드마는 무용수에게 무언가를 물어보려고 모든 용기를 냈다.

"어떻게 하면 선생님이 춤출 때, 선생님이 곧장 날아갈 것 같은 모습을 할 수 있나요? 그 점을 나에게 말해 주고 가시면 안 되나요?"

무용수는 만족한 듯이 살짝 웃었다. 소녀에게서 그런 아름다운 칭찬을 듣자, 무용수는 정말 기뻤다. 가벼운 동작으로 무용수는 자신의 발목에서 자신의 두꺼운 은반지를 뗐다.

"이 봐요, 파드마. 이건 내가 날고 싶을 때, 내가 날 수 있게 도와주는 비밀 도구야. 파드마가 어느 날, 사람들 앞에서 춤추는 날이 올 때, 파드마의 발에 이 큰 반지를 매달아 보렴, 그리고 무용수인 나를 한 번 생각해 봐. 그러면 파드마는 날게 될 거야!"

축제의 여러 사건과 즐거움으로 가득 찬 하루가 끝난 뒤인, 그날 밤은 모두가 편안하게 잠을 잤다. 파드마를 빼고 모두. 파드마는 자신의 침대에서 오랫동안 두 손으로 그 '날아다니던' 무용수가 선물로 준 은반지를 돌려 보았다. 그리고 파드마가 잠이 들자, 꿈속에서 파드마 자신은 계속 춤을 추고 있었다. 피곤함도 잊은 채, 파드마는 금빛의 자수물과 수많은 작은 거울 조각들로 장식한 아주 아름다운 복장으로 갖추고, 그날 낮에 처음이자 마지막으로 본, 그러나 이젠 영원히 기억 속에서 남아 있게 될 무용수처럼 그렇게 춤추고 있었다.

4. 사두와 그가 남긴 이야기들

시간은 흘렀지만 다른 의미 있는 일은 콘다푸르 마을에서 일어나지 않았다. 이 마을에 아무 통지도 없이 어느 날 갑자기 사두가 나타나기 전까지는 그러하였다. 이 사두라는 이름은 사람들이 종교적 명상을 실천하는 이들에게 붙여준 이름이다. 사두 자신은 이 마을에서 저 마을로 끊임없이 돌아다니며 마을 사람들이 그에게 주는 음식물로 끼니를 해결한다. 그런 사두에 보답하는 봉사 행위는 인도의 옛 전설의 이야기 속에도 있고, 인도의 종교적 믿음 속에서도 설명이 된다. 콘다푸르 마을에 들어선 그 사두는 인도 전국에서 볼 수 있는, 대다수의 사두와 같은 모습이었다. 그는 백발의 긴 수염을 하고 있었다. 그의 이마는 큰 붉은 점과 여러 개의 노란 줄로 장식되어 있었다. 도티 라는 의복이 그의 유일한 복장이었다. 그의 온몸은 강력한 햇살로부터 자신의 피부를 보호해야만 하는 회색의 재로 칠해져 있었다. 그의 목 주변에는 어떤 식물의 큰 구슬 모양의 씨앗들로 만든 긴 목걸이가 달려 있었다. 사두가 가진 것이라곤 세 가닥의 뾰쪽한 끝이 있는 긴 쇠막대기였다. 깡마른 몸의 사두는 우리가 사는 마을로 들어왔다. 그는 어느 큰 나무의 그늘에 자리를 잡았다. 마을의 어느 여자가 그 성자에게 곧 -사람들은 사두를 성자로 부르는 습관이 있듯이- 시원한 물 한 주전자를 주었고, 또 다른 남자는 사두에게 쌀 한 줌을 보시하자, 사두는 아주 위엄스러운 자세로 그 보시를 받았다. 그는 자신에게 남자 여자들이 자신의 모든 필요한 것들을 보시하는 것과, 그 자신이 필요로 하는 것이 정말 작아, 그런 보시에 이미 익숙해져 있으니, 그는 고마움을 표하지도 않았다. 오늘 그리 중요한 일이 없는 마을 사람들이 사두 주위로 찾아와, 자리를 잡았다. 어떤 사람은 사두에게 지금까지의 여행에 대해 질문을 하기도 했다. 그러자 사두는 겨우 들릴락 말락 하는 목소리로 대답을 했다. 사두는 수많은 마을, 강과 산을 여행하면서 겪은 다양한 이야기를 해주었다.

밴드 아저씨가 사두를 보러 파드마와 함께 왔을 때, 청중이 만든 원은 이미 충분히 컸다. 그들이 도착한 순간, 그 성자는 자신이 히말라야 산맥의 어느 산자락에 머물 때의 오두막집 이야기를 하고 있었다. 그 오두막집은 시바 Shiva 신의 영광을 위해 지은 사찰에 가까이에 있었다. 그 사찰은 널리 알려져 있었다. 왜냐하면, 그 사찰 안에는 춤추는 시바 신을 표현하는 아주 아름다운 동상이 서 있었다. 사두가 춤 이야기를 하자, 파드마는 활달해졌다. 파드마에겐 어느 신이 춤을 춘다는 것이 신기하게 여겨졌다. 그 때문에 파드마는 작은 소리로 밴드 아저씨에게 물었다.

"시바 신은 왜 춤을 추어요?"

"그럼, 우리가 저 사두에게 물어봅시다. 저분은 분명히 알 거예요."

그 질문이 사두에게 닿자, 그는 아주 놀랐다.

"언제라도 존재한 세상에서 가장 위대한 무용수가 시바라는 것을 모르고 있나요? 그분은 108개의 춤동작을 알고 있어요. 전설에 따르면 그분은 온 세상을 춤추며 돌아다닐 수 있답니다."

그는 자신의 목소리를 조금 쉬기 위해 멈추었다가 다시 계속했다.

"시바에게는 쇼티Shoti라는 이름의 공주가 아내였습니다. 어느 날 쇼티의 아버지이신 왕이 큰 잔치를 벌여 많은 손님을 초대했습니다. 그러나 그 강력한 왕은 자신의 사위를 좋아하지 않아 잔치에 사위를 초대하지 않았습니다. 왕이 자기 사위를 초대하지 않음은 물론이거니와, 사위를 여러 손님 앞에서 비난하기조차 하였습니다. 왕이 말씀하시길, 시바는 낮은 계급의 떠돌이라고 했답니다. 또 왕이 덧붙여 말하길, 사람들이 밀림으로 또 산속으로 돌아다니기만 할 뿐, 코브라를 가지고 놀면서 시간만 보내기만 하는 그런 떠돌이인 사위를 왜 칭찬하는지 이해가 되지 않는다고 했습니다. 그런데 잔치에 참석한 손님 중 여럿은 왕의 의견과는 의견이 달랐습니다. 왜냐하면, 그들은 아주 많이 시바를 존경하고 있었습니다. 그런데도 가장 슬퍼하게 된 이는 시바의 아내인 공주였습니다. 공주는 자신의 남편이 받은 모욕으로 마음이 상해, 궁전에 놓인 길에서 그만 죽게 되었습니다. 그 왕은 자신이 한 말로 인해 딸이 죽게 된 것을 알고는 깜짝 놀랐습니다. 그래서 왕은 손님들과 함께 당황해 어쩔 줄 몰라 하고 있었는데, 자신의 궁전으로 누군가 갑자기 들어오더니, 길바닥에서 쇼티의 몸을 일으켜 세우더니, 갑자기 사라저 버렸습니다. 그 갑작스럽고도 신비한 방문으로 인해 모두 그이가 궁전에서 춤추며 빠져 나가는 시바임을 알아차릴 수 있었습니다. 그는 춤추는 것을 계속하고는, 자신이 온 세상을 돌아다니며 계속 춤추며, 그 춤을 중단하지 않았답니다. 사람들이 시바에게서 그토록 사랑하는 아내의 몸을 그의 어깨에서 없애지 않는다면, 시바는 오늘도 춤추고 있을 겁니다."

그렇게 사두는 다음의 이야기로 끝냈다.

"그렇게 전설은 이야기하고 있습니다."

이제 청중은 완전히 침묵 속에 듣고 있었다. 그 이야기가 끝났을 때, 청중 속에서 누군가 말을 꺼냈다:

"하나만 더 해 주세요!"

사두는 그 열망을 완성하기 위해 준비가 되어 있었다. 사두는 시원한 물을 한 입 들이키더니, 조금 다리를 움직이고 이야기를 다시 시작했다.

"이 땅에 신들도 다니고 또 여전히 악마들도 이 땅에 다니던 옛날, 어느 악마가 자신을 사람의 모습으로 바꾸었습니다. 그리고는 비시뉴 신을 즐겁게 해 주려고 모든 방법을 사용했습니다. 그의 요청에 따라, 비시뉴 신은 사람이나

짐승도 어떤 무기로도 또 집 안에서도 또 집 밖에서도, 밤에도 낮에도 그를 죽이지 못하게 하는 능력을 그에게 주어 보답했습니다. 악마가 그 특이한 능력을 받았을 때, 악마는 -악마 이름은 히라냐카시푸Hiranjakasipu이었는데- 자신의 능력을 사람들에겐 물론이고 신들에게도 자랑하며 다녔습니다. 어느 날, 비시뉴를 화나게 하는 일이 생기기 전까지는 그렇게 하고 다녔습니다. 왜냐하면, 비시뉴 신은 모든 것을 할 수 있는 신이었습니다. 그래서 비시뉴 신은 어느 날 히라냐카시푸 앞에 반은 사람이고 반은 사자의 모습으로 나타났습니다. 그 모습은 사람도 아니고 동물도 아니었습니다. 갑자기 그는 악마를 붙잡아서는 악마를 문턱까지 끌고 왔습니다. 그렇게 해서 그들은 집 안도 아니고 집 바깥도 아닌 곳에 있게 되었습니다. 그 순간 해는 지고 있었어요. 그렇지만 그 시각은 낮도 아니고, 그렇다고 밤도 아니었습니다. 반은 사람이고 반은 사자인 존재가 자신의 긴 발톱을 이용해 히라냐카시푸를 박살 내 버렸습니다. 왜냐하면, 어느 무기로도 그를 죽일 수 없다고 이미 약속한 터라, 또 발톱을 이용하니, 그것은 무기에 해당하지 않았습니다!"

사두가 이 이야기를 끝냈다. 모두가 다른 이야기를 듣고 싶은 열망이 있어도 아무도 그에게 새로운 다른 이야기를 요청해 볼 용기가 생기지 않았다. 왜냐하면, 그런 이야기를 들려주면서 그 사두는 피곤한 걸음에서 벗어 날 수 있는 충분한 휴식을 취했기 때문이었다. 사두는 자리에서 일어나, 마을을 떠나기 위해 아주 위엄있게 섰다. 곧 그의 작은 모습은 마을의 굽이진 곳에서 사라져 버렸다. 그러나 그는 혼자 걷고 있지 않았다. 밴드 아저씨가 그를 동반하고 있었다. 종교인이 어디로 가는지 밴드 아저씨는 궁금했고, 그 때문에 그는 그 마을 입구까지 그를 배웅했다. 사두는 자신의 앞으로의 여행을 이야기하면서, 밴드 아저씨에게 이젠 자신이 바라나시 Benareso[8)라는 도시로 -그 신성한 갠지스 강가의 도시인- 곧장 지금 가는 길이라고 했다.

"그곳에서 나는 모든 죄를 완전히 씻는 것으로 나 자신을 맡기려고 합니다. 왜냐하면, 그 신성한 강물 만이 그 일을 할 수 있습니다."

---

8) 인도 북부 우타르프라데시 주 남동부에 있는 도시

그렇게 사두는 밴드 아저씨에게 작별 인사를 하면서 말했다. 마을로 돌아온 밴드 아저씨는 자신을 만나러 오는 파드마를 발견했다. 정말로 파드마의 머릿속에는 누군가에게서 대답을 하염없이 기다리고 있는, 다시 새로운 질문이 생겼나 보다.

"밴드 아저씨, 저 사두가 하신 모든 말씀이 진실인가요?"

밴드 아저씨는 그런 질문을 기대하지 않았다. 그리고 그 때문에 그는 순간 대답을 생각해야 했다.

"파드마, 네가 들은 이야기들은 만들어진 거예요. 진실이란 그런 이야기들 속에서 일어나는 일이 우리가 살아 있는 동안에도 일어난다는 걸, 그 안에서 알아야만 해요. 그런 이야기들이 의도하는 목적은 그런 이야기들 속의 사람들이 자기만의 결론을 꺼내야만 한다는 거예요. 그 때문에 그런 옛이야기들은 도움이 되어요. 그 덕분에, 그런 이야기들은 수천 년 동안 살아남았어요. 그리고 사람들은 많은 자신의 실수들을 피할 수 있게 되기도 해요."

5. 결혼식

  그날, 많은 마을 사람은 사로쥐와 그녀의 부
모가 함께 사는 집 주변에서 분주했다. 그날 저
녁에 사로쥐의 결혼식이 있었다. 꽃으로 긴 화
환을 만들어 그 집을 장식했다. 집의 출입구에
는 싱싱한 나뭇가지들과 나뭇잎들로 개선문을
만들고, 사람들은 그 개선문을 작은 깃발들과
형형색색의 종이들로 장식했다. 저녁이 되자,
마을로 향하는 길 가까이서 남자들과 여자들이
즐겁게 무리를 지어 곧장 나타났다. 그들은 두
명의 악사를 데리고 왔다. 한 명은 피리를 불
고, 다른 한 명의 악사는 북을 두들기며 피리
부는 이를 따라 왔다. 일행 중 몇 명이 손에 횃
불을 들고 있어, 그 무리를 이미 멀리서도 볼
수 있었다. 무리가 다가오자, 그중에 키가 크고
잘 생긴 청년이 돋보였다. 오늘 결혼할 약혼자
였다. 그는 쉽게 구분될 수 있었다. 옛 풍속에
따라, 그는 하얀 말을 타고 있었기 때문이었다.
그는 옛 군인 복장을 한 채 왔다. 그의 하얀 터
번에는 얼굴을 덮은 유리구슬들로 만든 많은
고리와 다른 장식물들이 매달려 있었다. 그 즐

거워 보이는 일행이 개선문에 다다르자, 그 일행을 맞으러 신부인 사로쥐의 아버지가 한 사람을 데리고 다가갔다. 그치지 않은 오케스트라의 음악이 들려 오는 가운데, 이제 신랑이 장인어른에게 인사를 하러 자신이 탄 말에서 능숙하게 뛰어내렸다. 신랑이 기다리며 모여 있던 사람들에게 인사하였다. 그러자, 신랑 아버지가 신부 아버지에게 다가가 신부 아버지의 허리를 붙잡더니 자신이 할 수 있는 한 높게 들어 올렸다. 곧이어 신랑의 다른 친척들이 다가서더니, 신부의 다른 가족들을 높이 들어 올렸다. 이 우호적인 서로 들어 올리는 광경은 밴드 아저씨에겐 이상하게 비쳤다. 그는 쿠마르에게 이 풍습을 설명해 달라고 요청했다. 쿠마르는 이를 설명해 주려고 애썼다.

　"저이들은 신랑 가족 대 신부 가족 간의 씨름을 하는 체합니다. 다가선 사람들은 자신들이 강제로 신부를 데려가는 체합니다. 한편 신부 부모와 가족은 자신들이 그런 신부를 빼앗기지 않으려고 막는 체합니다. 선조들은 정말 저런 아가씨들을 보호하기 위해 싸웠기에 이 풍습은 저 먼 시대에서부터 오늘날까지 남아 있지요."

그러는 동안 신부 사로쥐가 이제 자신의 집 안에서 나왔다. 신부 얼굴은 금빛 장식을 하고, 붉은 면사포로 가려져 있었다. 어느 때보다 더 예쁜 모습의 신부는 자신의 눈길을 아래로 한 채, 신랑에게 다가갔다. 신랑에게 다가간 신부는 신랑의 목에 노란 꽃과 붉은 꽃으로 만든 화환을 걸어 주었다. 신랑도 신부에게 비슷한 화환을 걸어 주었다. 신랑 신부는 그때야 야자수 잎으로 만든 지붕 아래 앉았다. 그리고 참석자들은 오늘의 신랑 신부에게 쌀을 뿌려 주었다. 악사들은 그동안에도 자신의 음악을 멈추지 않았다. 그날 밤의 그 집과 또 인근의 텐트에서 모두 잠자기 위한 자리를 잡았다.

다음 날 아침, 서둘러 아침 식사를 한 뒤에도 잔치가 계속되었다. 그런데 그 유쾌한 분위기는 갑작스러운 외침으로 중단되었다.

"우리 말이 어디 있지?. 우리 말이 보이지 않아요!"

그 외침에 마을 사람들과 손님들은 모두 그 없어진 하얀 말을 찾기 시작했다.

"이런 부끄러운 일이!"

누군가 외쳤다.

"말이 없으면 신랑이 집으로 걸어가야만 하는데. 풍속에 따라, 말을 타고 갈 수 없다니."

물론, 말은 쉽게 잃어버릴 수 있는 바늘 같은 존재가 아니었다. 마찬가지로 땅도 그 동물을 집어삼킬 수 없었다. 흥분된 군중 속에는 마을 이장도 있었다.

"여러분, 우리가 그 말을 꼭 찾읍시다! 말이 우리 마을에서 없어졌다는 것은 아주 수치스러운 일입니다. 우리가 흩어져 말을 찾으러 갑시다!"

그리고는 그는 신랑이 데려온 하얀 말이 갈만한 곳을 알려 주기 시작했다. 그 사람들이 일제히 수색하러 헤어지려는 바로 그 순간, 말발굽 소리를 내며 다가오는 말의 소리를 들을 수 있었다. 모두는 그 소리가 나는 쪽으로 눈길을 보냈다. 실제로, 화환들로 장식된 하얀 말이 신부의 집 쪽으로 미친 듯이 달려오고 있었다. 사람들이 모여 있는 곳까지 온 말은 그곳에서 앞발을 높이 쳐든 채, 뒷발을 이용해 섰다. 말은 그렇게 뒷발로 선 채, 자신감으로 충만한 채 또 꽃으로 장식된 채 섰다. 말이 자신의 콧구멍을 통해 갈색의 콧김을 내보내며 진정해지자, 그제야 주변에 섰던 사람들은 그 말을 타고 있는 사람이 누구인지 알아차리게 되었다.

"아들아!"

어느 여자 목소리가 침묵을 깼다. 그 여자는 파드마의 가장 친한 친구인 뷔렌드라의 어머니인 시타였다. 남자 몇이 말 등에 앉아 있는, 보일락 말락 하는 소년을 말안장에서 내리게 하려고 달려갔다. 소년은 말 목덜미의 머리칼을 양손으로 쥐고 있었다. 사람들은 그에게 물을 조금 마시게 했다. 뷔렌드라는 울먹이는 듯한 목소리로 다가갔다.

"해 보고 싶었어요……. 제가 조금 해 보고 싶었어요."

그의 울음은 하고픈 말을 삼켰다.

"잘 했어. 이제 너는 몇 년 동안 충분히 말을 탄 것 같구나, 애야."

그렇게 그 아이를 안심시킨 이는 쿠마르 였다. 누군가 악사들에게 신호를 보내자, 곧 곡이 연주되었다. 사람들은 이젠 점심을 나눠 먹기 시작했다. 모두 한 잔의 차를 받았다. 그것은 이 작은 마을에서 사치처럼 보이는 것이다.

유쾌한 분위기 속에 시간은 빨리도 지나갔다. 밴드 아저씨는 쿠마르 옆에 앉아 결혼식 풍습에 대한 민속 이야기를 계속 듣고 있었다. 그는 호주머니에서 작은 수첩을 꺼내, 쿠마르가 말해 주는 모든 것을 기록했다. 그렇게 그는 다른 기회들에서도 일상적으로 그렇게 하듯 했다. 또 그가 자신의 방으로 들어가면, 자주 더 큰 공책의 여러 페이지에 걸쳐 뭔가 써 내려 가는 것을 사람들은 볼 수 있었다. 나이 많은 딜리프 Dilip가 그에게 뭘 하는지 묻자, 그는 이렇게 대답했다.

"세상 사람들이 비록 수천 킬로미터 떨어져 살아도 서로를 잘 이해하게 되면 좋습니다. 그때문에 저는 제가 본 것, 그중 흥미로운 것을 적어두면 나중에 언젠가 이를 바탕으로 책을 만들 수 있습니다."

"오, 그렇군요. 그건 글을 읽을 줄 아는 이들에겐 좋겠네요. 그런데 글을 읽지 못하는 우리에겐 무슨 소용이 있나요?"

"어르신의 아들과 손자들이 읽는 법을 배우고, 학교에 가고, 그러면 나중에 어르신을 위해 큰 소리로 읽어 드릴 겁니다."

"그건 학교가 있는 곳에서는 좋은 생각이지만, 선생이 보다시피, 우리같이 작은 마을에는 앞으로 절대로 학교란 세워지지 않을 거요."

결혼식은 유쾌하게 오후까지 계속되었다.

갑자기 밴드 아저씨는 무언가를 기억해 냈다.

"우리가 몇 주 전에 본 무용수를 다시 볼 수 있다면 아름답지 않겠어요?"

밴드 아저씨 옆에 앉아 있던 사람들은 그런 그의 주장에 살짝 웃음을 내보였다. 정말이다. 만일 어느 매력적인 무용수가 이 결혼식을 더 아름답게 해 준다면 멋진 일일 것이다.

"제가 찾아보겠어요. 제가 누군가를 찾을 수 있을 겁니다."

그렇게 조금 농담조로 밴드 아저씨가 말했다. 사람들은 그를 놀라며 쳐다보았다. 그는 지난날의 그 날 하루 외에는 한 번도 무용수가 없었던 곳에서 무용수를 찾아내는 진짜 마술사가 되어야 했다. 밴드 아저씨는 도로 건너편의 새로 짓고 있는 집 쪽으로 손짓을 했다. 동시에, 그의 요청에 따라, 악사들이 춤추기에 아주 편한 멜로디를 연주하기 시작했다. 모두는 밴드가 손짓하는 쪽으로 쳐다보았다. 그곳에서 붉은 면사포로 얼굴을 가린 한 아가씨가 음악의 리듬에 맞춰 자신의 몸을 흔들며 다가오고 있었다.

신비스러운 무용수가 자신의 두 손을 모은 채, 또 존경받기에 적당한 마을 이장에게 몸을 깊숙이 숙여 인사하자 마을 사람들의 놀라움은 최고조에 다다랐다. 참석자들은 깜짝 놀라, 갑자기 저 무용수가 어디에서 나타났는지 또 저 무용수가 실제로 누구인지 서로에게 물었다. 무용수가 춤을 시작하자, 사람들은 밴드 아저씨를 머무르게 해준 집주인 쿠마르가 외치는 소리를 들었다.

"파드마, 내 딸이네!"

청중들은 그 작은 외침으로 중단된 소곤거리는 소리를 다시 이어갔다. 모두는 자신의 방식대로 파드마가 추는 춤에 호의적인 감정을 드러냈다. 음악이 더 활발하면 할수록, 더욱더 유쾌하게 파드마의 두 발에서는 방울들이 딸랑딸랑 소리를 냈다. 파드마의 모습은 얼마나 아름다운가. 파드마는 자신의 두 손과 머리를 조화롭게 움직였고, 또 그녀의 두 눈썹이 얼마나 조화롭게 움직이는가. 갑자기 소녀는 마치 자신이 공중에서 곧장 날기라도 하듯이 살짝 뛰어오르기를, 뜀뛰기를 시작했다. 모두가 매료되었다. 진짜 무용수가 그들 앞에 춤추었던 몇 주 전보다도 더욱더. 그들 중 몇 명은 그런 무용수가 자신들의 마을에서도 태어날 수 있음에 놀라워했다. 첫 번의 흥분이 가시자, 모두는 도대체 파드마가 언제 어떻게 춤을 배웠는지 서로 물어보았다. 마을의 소녀들과 아가씨들이 더 궁금해했다. 그들에겐 파드마가 그렇게 아름다운 의복과 장식용 보석과 발에 쓰인 방울들을 갖게 된 것이 더 궁금했다. 파드마의 전체 모습이 신비했다. 소녀를 보게 된 모두는 감동할 만했다. 밴드 아저씨만 그 대단한 놀라움에 동참하지 않았다. 그만 파드마의 의복과 소녀의 보석과, 지금까지 이 작은 결혼식 오케스트라의 리듬에 따라 그렇게 유쾌한 소리를 낸 방울들에 대한 비밀을 알고 있었다. 파드마는 인도의 전형적인 전통춤 중 하나인 '바라트 나티얌'이라는 그 한 가지 춤만 알고 있었다. 왜냐하면, 그 춤은 짧아, 그 춤만 되풀이했다. 그녀의 두 손은 여러 번 '날고 싶어 하는' 새의 모습이었고, '샘가에 물 마시러 온 사슴들'의 모습이었다. 소녀의 뜀뛰기는 그렇게 가벼워, 마치 소녀가 공중에 떠 있는 것 같은 모습이었다. 소녀가 새로 뜀뛰기를 할 때마다, 밴드 아저씨는 파드마가 진짜 무용수로부터 선물로 받은 큰 은반지가 반짝거리는 모습을 볼 수 있었다. 큰 은반지는 순간마다 마술의 능력을 갖추고 있었다. 흥분 속에서 아무도 소녀가 여기저기 발걸음의 리듬에서 실수했는지를, 또 소녀가 간혹 땅의 거친 자리에서 넘어졌거나, 거의 넘어질 뻔했음을 알지 못했다. 그리고 소녀의 놀이를 좋아하는 손길이, 그 손길이 샘가에서 물을 마시는 사슴을 표현할 때의 모습이 알을 부리로 깨뜨리는 암탉의 모습에 더 비슷하였다 해도 이 점도 알아차리지 못했다. 무겁고 큰 은반지가 뜀뛰기 할 때마다 언제나 파드마의 발목을 아프게 한다는 것도 예측할 수 없었다. 파드마가 날 수 있는 능력에서 여전히 아주 멀리 와 있음을 스스로 느끼고 있는 것도 아무도 추측할 수 없었다. 그리고 그것조차도 아무도 알 수 없었다, 밴드 아저씨를 제외하고는. 그녀의 아주 아름다운 의상은 그 '진짜' 무용수의 이미 낡은 의상 일부임을. 그 의복은 밴드 아저씨가 몰래 사 두었고, 파드마가 아주 열심히 세탁하고, 다림질하고 또 꿰맨 것임도.

그런 놀라움을 별도로 하고, 또 이 모든 일이

순식간에 벌어진 것은 별도로 하고도 그 전체 장면은 모든 마을 사람들에겐 아주 놀라운 체험이 되었다.

이제 춤은 끝났다. 파드마는 두 손을 합장하며 몸을 깊숙이 숙여 관중에게 인사했다. 특별히, 파드마는 신랑 신부에게 정중한 인사를 했다. 좀 부끄러워하면서 파드마는 자신의 아버지에게 다가가, 아버지 옆에 무릎을 꿇었다. 아버지는 당황하여 딸의 머리카락을 쓰다듬어 주었다. 그때 갑자기, 마치 소녀는 뭔가가 생각난 듯했다. 황급히 파드마는 자리에서 일어나, 두 눈으로 밴드 아저씨를 찾고 있었다. 밴드 아저씨가 만족한 듯이 웃음을 보이자, 파드마는 그의 앞에 몸을 숙여 인사했다. 나중에 소녀는 자신의 어머니에게도 몸을 숙여 인사했다.

몇 시간이 흐른 뒤, 모든 마을 사람들은 오늘 하루의 즐거움과 흥분을 뒤로하고 잠자리에 들었다.

자신의 침대에서 잠을 못 이룬 채 꿈꾸고 있는 한 소녀를 제외하고 말이다.

그 작은 두 손 사이에 파드마는 큰 은반지를 잡기도 하고, 쓰다듬기도 하였다. 밴드 아저씨도 오랫동안 잠이 들지 못했다. 그는 자신의 고국에 사는 소년 소녀들이 생각났고, 그들의 꿈도 생각났다. 그는 마침내 자신이 먼 외국의 나라인 인도에서 한 소녀의 꿈을 부분적으로 실현할 수 있게 되는 일에 조금이라도 도움이 되었다는 그 사실로 적어도 만족하며 잠을 청했다.

(중국어판 표지) <파드마, 갠지스강가의 어린 무용수> : 2019년, 신세계출판사, 번역 위지엔차오(于建超), 그림 뚜어얼군 (多尔衮)

6. 새 귀신의 정체를 밝히다

콘다푸르 마을에서 가장 가까운 학교가 이십 킬로미터 떨어진 소도시 우다야나가르 Udajanagar에 있다. 밴드 아저씨는 파드마와 뷔렌드라처럼 총명한 소년 소녀가 학교에 갈 수 없다는 사실을 알고 못내 안타까워했다. 그 때문에 그 이방인은 이 소년·소녀의 부모에게 자신이 소도시로 이 아이들을 입학시켜 보겠다고 제안했다. 그러자 부모들은 동의하였고, 아이들도 자신들이 학교 갈 수도 있다는 부푼 기대했다. 그 가족들은 밴드 아저씨가 학교 입학 절차를 밟으러 우다야나가르로 갈 날을 정하기만 기다리고 있었다.

그렇게 해서 날짜가 잡혔다. 그 정한 날, 파드마와 뷔렌드라는 아주 일찍 일어났다. 그들은 흥분이 되어 한순간이라도 더 잠 잘 수가 없었다. 그들은 서둘러 아침을 먹은 뒤 밴드 아저씨와 함께 길을 나섰다. 그들에겐 작은 도시로의 첫 나들이였다.

세 사람이 마을을 출발해, 주요 도로로 나서자, 마을의 남은 사람들이 그들에 대해 말을 하기 시작했다. 그들의 떠남은 그 날의 가장 중요한 사건일 뿐 아니라, 콘다푸르 마을에서는 이전엔 한 번도 일어나지 않은 일이었다. 파드마의 부모는 아주 의기양양했다. 왜냐하면, 먼 나라에서 온 손님이 그들의 딸과 아주 친하게 지내고 있고 또 손님이 딸에 대하여 여러 가지로 관심을 두고 격려를 해 주었기 때문이었다. 그리고 마침내 지금 손님이 파드마를 학교에 입학시키려고, 또 마을에서 첫 번째로 쓰기 능력을 갖출 여자아이로 만들겠다고 파드마를 선택하였기 때문이기도 했다. 그것은 그들에겐 아주 큰 영광이자 즐거움이었다. 그들은 자신의 자랑스러움을 마을 사람들과의 대화에서 숨기지 않았다. 정말로 부모는 딸 아이가 어버이에게서 떨어져 있는 적이 한 번도 없었는데, 이렇게 멀리 떨어져 있게 됨을 어찌 느낄지 걱정이 많았다. 그 점에 대해 부모는 몇 명의 마을 사람들에게 불평했다. 그곳에는 뷔렌드라의 어머니인 시타도 속해 있었다.

"며칠 뒤 여행에서 돌아올 뷔렌드라 아버지가 그 점을 뭐라 할지 모르겠어요. 하지만 그이는 저 이방인의 제안에 동참하기로 한 나의 결정에 동감할 것으로 희망은 해요. 저도 쿠마르처럼 손님이 아들을 학교에 입학시키는 일에 선택한 걸, 똑같이 자랑스러워요. 실제로 제 자식은 늘 똘똘하지요. 사실대로 말하자면, 좀 놀기 좋아하고 장난기 많지만, 그건 아들이 늘 착하게 지내는 게 때로 지루하게 여길 때만 그렇게 하지요. 학교에 가면 그 아이는 글을 읽고 쓰기를 배울 뿐 아니라 도시 사람들이 알고 있는 모든 다른 많은 일도 배울 거예요. 내가 보기엔 이것은 우리 마을 사람 중 누군가 학식 있는 사람이 되기 위한 유일무이한 기회예요. 그러니 그런 기회를 우리에게 준 밴드 아저씨에게 우리는 감사해야 해요."

"'밴드 아저씨'라는 사람이 어떤 사람인가요?"

찢어진 셔츠와 더러워진 도티 옷을 입은 더 젊은 마을 사람인 라잡Raghap이 이 대화에 끼어들었다.

"그분의 진짜 이름이 뭔지, 어디서 왔는지 아는 사람이 있나요! 그리고 가장 중요한 것은 왜 그분이 이곳으로 왔는가 하는 것이에요! 그분이 우리 마을을 유독 좋아하게 된 것, 그 점을 천진무구한 이들만 믿을 수 있어요! 여기 두 가정은 어느 이방인에게, 전혀 모르는 이에게 자신들의 아이들을 넘겨 주었어요. 여러분은 그분이 아이들을 어디로 데리고 가는지도, 또 무슨 이유로 데리고 가는지도 모르고 있습니다! 아이들을 몰래 훔쳐 아이들을 노예로 팔거나, 불구로 만들어 구걸하게 하는 사람들이 있다는 이야기를 들은 적이 없습니까? 먼 나라에서 여러분의 아이들에게 어떤 운명이 기다리고 있는지 누가 아나요! 귀신같은 저 밴드 라는 작자가 우리 마을로 들어왔어요. 이전엔 그렇게 평화롭게 살아온 이 마을에 말입니다!"

모두 이제 말이 없었다. 마침내 자신의 키로 보나 자신의 초록 터번으로 보나 특출해 보이는 딜리프Dilip가 말을 시작했다. "그러니, 내가 보기엔 언제나 이상했어요. 내가 그 사람 방을 지나갈 때면, 언제나 방 안에 앉아 뭔가 쓰고 있었어요. 언제나 쓰기만 하니, 무슨 귀신인지도요. 그러니, 내겐 언제나 수상하게 보였어요."

"그분이 첩자처럼 우리가 대화하는 모든 걸 쓰고 있을 수도 있습니다."

어두운 피부를 가진 크리슈나Krishna가 말했다.

"내일 우리 마을로 경찰이 와서 우리가 지금까지 나눈 대화 때문에 모두 붙잡아 가도 나는 전혀 놀라지 않겠습니다."

"그러나 나는 법을 어긴 말을 아무것도 하지 않았어요."

곧장 쿠마르가 말했다.

"우리 중에 아무도 그런 행동을 하지 않았어요."

딜리프가 대꾸했다.

"하지만 이방인이 무엇을 기록해 두었는지는 누가 아나요?"

어디선가 낮게 울먹이는 소리가 들려 왔다. 그것은 그런 대화를 가장 나쁜 방향으로 생각하던, 파드마의 어머니인 아루나흐의 목소리였다. 대화는 더욱 크고 날카로워졌고, 그것은 마을 사람들을 두 패로 나눠 버렸다. 어떤 사람들이 밴드가 어떤 악의적인 행동한 증거를 전혀 갖고 있지 않음에도 불구하고 밴드를 공격하며, 밴드를 두고 가장 나쁜 이야기를 하지만, 어떤 사람들은 밴드를 좀 조심스럽게 옹호했다. 사실 그들도 그가 가진 좋은 의도에 대해 입증할 증거를 전혀 가지고 있지 않았다. 곧 마을 사람들 사이에 말다툼이 일어날 것만 같았다.

"하지만 우리가 왜 싸움을 벌여야 하나요? 밴드는 아직 떠나지도 않았어요. 여기 우리 집의 방에 그분의 짐이 다 있어요. 그분은 그 짐을 가져가기 위해서라도 여기로 돌아와야만 합니다."

"그래요, 여기에는 책 몇 권도 있고, 그만이 읽을 줄 아는, 빼곡히 쓰인 수많은 낱장의 종이들이 들어 있는 작은 여행 가방도 있어요. 만일 그분이 어떤 나쁜 의도를 가졌다면, 저 종이들은 놔둔 채, 어찌 가버리겠어요?"

그렇게 마을 사람들 의견이 밴드에 호의적인 사람들과 반대의 사람들로 나뉘어 가는 동안에도, 세 사람의 여행자는 자신이 살던 마을에서 지금 무슨 일이 벌어지고 있는지 전혀 생각지도 않은 채 우다야나가르로 향하는 여정을 조금씩 단축해 가고 있었다.

그들이 지나치는 풍경이 자신들이 지금까지 살고 있던 마을 풍경과 아주 다르지 않지만, 파드마와 뷔렌드라에겐 범상치 않고 흥미로운 장소로 보였다. 그 사람들에겐 여행길의 처음에 몇 가지 새로운 것이 보였다고 하는 편이 더

고백할 만하다.

뷔렌드라는 어느 동산의 한 편에 벼가 심어진, 조각 같은 작은 논들을 볼 수 있었다. 그 작은 논들은 마치 켜켜이 매달려 있는 긴 난간 모양 같았다. 저 작은 논들이 그의 감탄과 찬탄을 불러일으켰다.

자신들이 사는 마을에서도 그들은 원숭이들을 볼 수 있었다. 그러나 지금 그들이 들판에서 만난 원숭이들은 파드마에겐 다른 원숭이들보다 더 활달하고, 유쾌해 있고, 더 장난기 많은 것 같았다.

세 명의 여행자는 잠시 멈추어 선 채, 어미 원숭이가 망고 과일을 조각내 자신의 어린 자식에게 먹이는 모습을 보았다. 어린 원숭이가 과일 한 조각을 받기 위해 자신의 차례를 얼마나 참으며 기다리는지를 온전히 감동으로 바라보고 있었다. 그것은 정말로 잘 훈육 받은 아이처럼 행동하고 있었다. 여행자들이 어느 오래된 묘역에 도달했을 때는 해가 이미 하늘에 높이 보였다. 그 묘역은 먼 시대에 만들어졌는데, 무굴 왕조[9]가 인도를 지배하던 때였다. 파드마와

9) 16세기 초부터 18세기 중반까지 인도의 넓은 지역
   을 통치했던 이슬람 왕조

뷔렌드라는 한 번도 그런 묘역을 본 적이 없어, 밴드 아저씨가 두 사람에게 잠시 설명했다.

"무굴 왕조는, 종교적으로는 이슬람교도예요. 그들의 종교에 따르면, 사람이 죽으면 그를 땅에 묻고 그 묘를 만들고, 그 묘에 비석을 세워, 이곳에 묻혀 있는 이가 누구인지 언제나 알게 해 준다고 해요."

소년 소녀에게는 그런 풍습은 낯설게 들렸다. 왜냐하면, 자신들이 사는 마을에는 힌두교도들만 살아, 만일 사람이 죽으면 그 시신을 땅에 묻지 않고 불에 태우고 나중에 사람들은 그 재를 강에 뿌린다. 활발한 대화를 하며 걸으니, 여행자들은 자신들이 언제 소도시 우다야나가르에 도착했는지 모를 지경이었다.

그들은 곧 자신들이 입학할 학교를 찾아 가, 그곳의 선생님을 찾았다. 두 소년·소녀에겐 이것이 학교와의 첫 만남이었다. 그들은 휘둥그레진 눈으로 다른 아이들이 교실에 앉아 있는 모습을 유심히 바라보았다. 선생님 한 분이 나오자, 학교를 방문한 여행자들은 선생님의 복장이 얼마나 정갈하고 깨끗한 복장인지 곧장 놀랐다. 학교의 선생님은 긴 흰 셔츠, 좁은 흰 바지를 입고 있었고, 발에는 가벼운 샌들을 신고 있었다. 밴드 아저씨는 선생님과 함께 옆으로 들어가, 좀 더 오랫동안 대화를 나누었다. 마침내 파드마와 뷔렌드라는 그 선생님이 하는 말을 들을 수 있었다.

"밴드 씨, 모든 것은 처리되었습니다. 이제 곧 축제가 다가옵니다. 우리는 방학을 맞을 겁니다."

그리고는 그 선생님은 다시 시작했다.

"저 아이들 둘은 이 학교로 입학할 수 있습니다. 제가 아이들 숙소를 알아보겠습니다. 저 아이들이 식사하게 될 가정도 알아보겠습니다. 만일 저 아이들의 부모님이 그 가정에 약간의 쌀과 채소를 보내 주실 수 있다면, 모든 문제는 해결됩니다."

그렇게 말하고는 선생님은 잠시 자신이 뭔가를 기억해 내려는 듯이 멈추었다. 얼굴에 살짝 웃음을 지으며 선생님은 말을 이어 갔다.

"아시다시피, 지금은 정오입니다. 여러분이 좀 쉬면서 저와 함께 점심을 먹었으면 좋겠습니다."

인도에서는 가장 날씨가 더울 때가 오후 시간

이다. 그 때문에 선생님은 자신을 찾아온 손님들이 점심을 먹은 뒤 좀 쉬도록 제안했고, 그들이 저녁이면 자신의 마을에 도착할 수 있도록 그렇게 출발했으면 하고 제안했다.

파드마와 뷔렌드라는 자신을 위한 매트에 자신의 몸을 뉘었으나, 학교에 처음 방문한 설렘 때문에 또 그들을 둘러싼 흥미로운 일들 때문에 한동안 잠을 청할 수 없었다. 그 선생님이 사용하는 방의 깨끗하고 하얀 벽들과, 벽들에 보이는 형형색색의 그림으로 인해 찬탄을 불러일으켰다. 그러나 많은 책으로 가득 찬 큰, 여러 층의 선반과 방 한 모퉁이에 서 있는 지구의를 보고 그들의 감탄은 최고에 달했다.

가장 강한 더위가 지나간 시점에 세 사람은 출발 준비를 했다. 그들은 자신들을 위해 배려해 준 선생님에게 환대해 준 것에 감사를 표하며, 작별 인사를 하고는, 콘다푸르로 출발했다. 그들이 그 소도시의 중심지에 도착했을 때, 밴드 아저씨는 말했다.

"내가 몇 가지 사야 하는 것들이 있어요. 너희들은 먼저 천천히 마을로 가고 있어요. 나중에 내가 너희들을 따라갈 거예요. 곧 있으면 달이 뜨고, 너희들 혼자 가도 무서워하지 않았으면 해요.”

밴드는 자신에게 필요한 모든 물건을 서둘러 샀다. 곧 그는 아이들을 뒤따라 잡기 위해 서둘러 갔다. 그가 어느 들판에 다다랐을 때, 보름달이 이미 은은하게 반쯤 밝음으로 사방을 비추고 있었다. 소년·소녀가 아마도 빨리 걸었기에, 그가 거의 한 시간을 더 걸었지만 그 아이들을 아직 만나지 못했다. 그가 이제 슬슬 걱정되기 시작했을 때, 갑자기 자신을 향해 뛰어오는 아이 한 명을 볼 수 있었다.

“밴드 아저씨, 밴드 아저씨”

파드마가 가까이 오면서 울먹이는 목소리로 외쳤다.

“이 길로는 가지 마세요!”

밴드 아저씨는 당황해하며 걸음을 멈추었다. 그는 파드마 뒤로 뷔렌드라를 보았다. 뷔렌드라는 정말 두려움으로 떨고, 입에서 말을 할 수도 없을 정도였다.

“아침에 지나온 그 묘역에서 뭔가 이상한 걸 우리가 봤어요……. 그 이상한 것이 귀신이 아님은 알아요. 밴드 아저씨가 귀신이나 환영 같은 것은 존재하지 않는다고 하셨기 때문이에요. 하지만 그게 정말 뭔지 모르겠어요!"

파드마는 이미 밴드 아저씨에게 정말 가까이 왔다. 그러는 동안 두 사람에게 뷔렌드라도 도착했다. 울먹이면서 그는 파드마가 한 말을 결정적으로 확인시켜 주었다. 그 두 사람이 두려운 환영을 봤다!

"그럴 리가 없어요."

파드마가 말했다.

"우리는 환영을 보진 않았어요. 그런 것은 존재하지 않으니까요. 그것은 필시 다른 뭔가입니다. 나는 그게 무엇이 될 수 있는지는 모르겠어요. 하지만, 뷔렌드라, 우리가 그게 뭔지 밝혀 본다면, 그게 가장 좋겠지!"

"안돼, 안돼, 난 그곳으로 안 갈 거야. 너, 미쳤어!"

소년은 두려움으로 고함을 질렀다. 그러나 파드마는 자신의 온 용기를 내어, 밴드 아저씨의 손을 잡은 채 떨리는 목소리로 말했다.

"밴드 아저씨, 나는 환영처럼 보이는 게 무엇인지 정체를 알고 싶어요. 아저씨가 우리에게 가르쳐 주시길, 환영 같은 것은 없다고 했어요.

만일 그런 것이 나타난다면, 그게 뭔지 알아보는 것이 가장 나아요."

파드마는 마치 자신이 달걀 위를 걷는 것처럼 천천히 또 조심조심 앞장섰다. 소녀가 느낀 두려움에도 불구하고, 용감한 모험에서 멈추지 않았다. 밴드 아저씨는 소녀의 손을 잡았다. 그 손의 떨림을 통해 소녀의 심장이 얼마나 흥분되어 뛰고 있는지를 느낄 수 있었다.

갑자기, 그들에게서 스무 걸음 떨어진 곳에 무슨 하얀 물체가 큰 흔들림으로 또 흔들릴 때마다 종소리가 뒤따르고 있었다. 소녀가 잠시 멈추었다. 소녀의 손이 떨려옴을 통해 밴드 아저씨에게 소녀의 흥분이 최고조에 이르렀음을 감지할 수 있었다.

"여기 뭔가 움직이는 것이 진짜 있어요. 우리는 곧 그게 뭔지 보게 될 거예요."

밴드가 말했다.

"내가 앞장서는 것이 낫겠지요?"

"아뇨. 그건 원치 않아요, 나는 두렵지 않아요. 왜냐하면, 환영이란 없기 때문이에요. 나는 용감해지고 싶어요. 아저씨가 제게 가르쳐 주셨어요."

그녀는 더욱더 세게 자기 친구의 큰 손을 쥐었다. 그리고는 더 걸어갔다. 천천히, 더욱 조심하며. 한편 뷔렌드라는 두려움으로 질식할 정도였다. 그는 단단히 밴드 아저씨의 옷자락을 잡고, 두 눈을 감은 채 그의 뒤에서 한 걸음 한 걸음 내디디고 있었다.

파드마가 작은 종의 소리에 홀린 듯 앞장서 걸었고, 묘들이 있는 곳에서 넘어지기도 하고, 발에 묘의 비석을 부딪치기도 하였다. 소녀는 필시 어딘가 부딪혀 다리에 피가 나고 있었지만, 멈추지 않으려고 했다. 소녀는 여전히 앞으로 나아 가야만 했다. 더욱더 앞으로. 갑자기 그 소리가 온전히 가까이서 들렸다. 만일 환영이 진짜 존재한다면, 그것은 손에 닿을 정도의 거리에서 자신의 모습을 보여야만 한다. 하지만 순간적으로 빛이 이상한 회백색으로 반짝이는 묘의 비석들을 제외하고는 아무것도 보이지 않았다.

갑자기 파드마는 멈추어 섰다. 소녀의 온몸을 통해 큰 떨림이 전해 왔다. 비석들 사이에서 소녀는 움직이는 하얀 뭔가를 보게 되었다. 밴드 아저씨도 똑같은 것을 보았다. 다행히도 그들

중 아무도 환영을 믿지 않았다. 왜냐하면, 정반대의 경우에 그들은 아주 큰 무서움으로 죽을 수도 있었기 때문이었다. 파드마는 순간 멈추어선 채, 자신이 옛 비석들 사이에 있는 하얗고 신비한 물체로 다가가야 하는지 생각하고 있었다. 파드마는 고개를 들어 밴드 아저씨의 달에 비친 얼굴을 한 번 쳐다보았다. 소녀는 그 얼굴을 통해 결정적으로 용기를 얻었다. 그리고 앞으로 더 나아 갔다. 그러나 두 걸음 만에. 그때 소녀는 단단히 멈추었다. 그리고는 소녀는 겨우 들릴락 말락 하는 목소리로 말했다.

"이게 말이네…. 밴드 아저씨, 그게 정말 말이네요!"

"그래, 파드마의 말이 맞네요. 우리가 본 오늘의 환영은 평범한 말이군. 다른 아무것도 아니군. 하얀 말이네요."

그리고 그의 목소리에도 특별한 흥분이 분명히 나타나 보였다.

그런 말이 있고 나서, 밴드 아저씨는 좀 더 인내심을 갖고서 그와 그 '환영' 사이에 놓인 몇 개의 비석들을 넘어갔다. 그는 말의 목에 걸려 있는 줄을 잡았다. 그는 그 말을 잡고는 작은 길로 끌고 왔다. 이제 뷔렌드라는 두 눈을 뜰 수 있을 만큼의 용기가 생겼다. 소년은 지금까지 생각하던 환영이라는 것은 온데간데없고 대신 살아 있는 말을 발견하고는 전혀 자신을 믿지 않았다. 그 미스터리는 곧 밝혀졌다. 말 주인은 필시 풀이 많이 자라 있는 이곳 묘역에 방목하러 그 말을 놓아두었다. 그러면서 말의 앞발들을 멀리 가지 못하게 묶어 두었다. 그렇게 앞발이 묶인 말은 도망칠 수 없는 대신 뜀뛰기를 통해서만 움직일 수 있었다. 목 주위에는 말 주인이 다음 날 아침 그 말을 찾으러 올 때, 들으려고 방울을 매단 줄을 달아 놓고 있었다. 그들이 이제 자신의 마을로 걷고 있을 때, 그들의 유일한 화제는 귀신들과 환영들에 대한 것이었다. 밴드 아저씨는 그런 일들은 사람들의 상상 속에서만, 특히 자연에 대해 잘 모르는 이에게 생긴다는 것과, 그런 사람은 곧잘 아주 잘 믿어 버린다는 것을 수많은 이야기를 통해 알려 주었다. 파드마와 뷔렌드라는 자신들의 동무들에게 평범한 백마 때문에 두려움이 생긴 사연을 말해 주고, 환영이란 진짜 존재하지 않음을 말해 줄 것을 약속했다. 왜냐하면, 그들 스스로 환영에 관한 이야기들이 어떻게 존재하는 지를 확인해 줄 수 있었기 때문이었다. 왜냐하면, 그들에게 그 '환영'의 정체를 끝까지 탐구할 용기가 없었더라면 그들이 사는 마을에서 내일이면 그 사건이 다시 이야기될 것이고, 이 이야기를 들은 모든 사람은 그 옛 묘역을 지날 때면 그곳에 작은 방울을 단 하얀 환영이 나타나곤 한다는 것이 분명하다고 여길 것이다.

그들이 그런 이야기들로 그렇게 분주해 있을 때, 어느새 그들이 콘다푸르에 도착하게 되었다. 갑자기 그들은 자신들이 살던 마을의 도로로 향하는 입구에 도착해 있었다. 파드마는 그날 저녁에 자신의 삶에 뭔가 가장 중요한 것이 일어났다는 감정을 갖게 되었다. 소녀는 자신의 영혼에서 두려움을 극복했고, 그러한 선입견도 없앨 수 있었다. 소녀는 그 날 자신이 이젠 다 컸음을 느낄 수 있었고, 이젠 어린 애가 아님을 느낄 수 있었다.

콘다푸르에 그렇게 도착한 이들을 기다린 것은 비일상적인 광경이었다. 보통 마을로는 깊은 밤의 고요함이 뒤덮는 시간인 지금은 도로 위에 석유 등불을 켠 채 무리를 지은 마을 사람들이 보였다. 어떤 사람들은 뭔가 이해되지 않는 말로 외치고 있었고, 어떤 이들은 불평하고 있었고, 어떤 사람들은 자신들의 눈을 믿지 않은 채, 다가오는 이들을 노려보고 있었다. 그들은 어둠 속에서 저들이 자신들이 기다리고 있는 이들인지 아닌지 추측해 보면서 노려 보고 있었다.

파드마와 뷔렌드라의 어머니들이 자신의 자식들을 안으려고 달려오고, 아루나흐는 딸의 볼에 연신 입 맞추면서 크게 울먹이기도 하였다. 어머니는 곧 자신의 딸을 재우러 집으로 데려갔다. 이 모든 것이 딸에겐 그 날의 흥분된 사건들 뒤의 확실한 축복이었다. 뷔렌드라도 곧 자신의 어머니와 함께 집으로 갔다.

밴드 아저씨는 뭔가 상의하는 사람들에 대해 좀 놀랐으나, 그 점에 관심을 두기에는 너무 피곤했다. 그가 그 등불들의 약한 노란 불빛을 통해 몇몇 사람들이 화가 나 있음을 알고는 뭔가 유쾌하지 않은 일이 벌어진 것임을 짐작할 수 있었지만, 화제의 중심에 그 자신이 연루되어 있으리라고는 전혀 상상하지 못했다. '모든 것을 내일 내가 알게 될 거야' 그렇게 그는 자신

에게 말했다. 즉시 자신의 방으로 간 그는 그날
낮에 관여한 일의 성공으로 인해 만족하며, 곧
잠들었다.

(에스페란토 원작 표지) 『Padma, la eta dancistino 파드마,
갠지스강가의 어린 무용수』 : 2013년, 표지화 Tihomir Lovrić)

7. 동굴에서의 사람의 목소리들

콘다푸르 마을 사람 아무도 말을 기르지 않는다. 암소조차도 소유한 이는 몇 집이 되지 않았다. 이 마을에는 물소는 많이 볼 수 있었다. 이 지역 사람들은 물소를 가장 유용한 동물로 인식하고 있기 때문이었다. 물소가 아주 수수한 동물이라 하여도, 그 동물은 특히 건조한 날에는 마을 주변에 충분한 풀을 찾을 수 없다. 그런 나날에는 마을 사람들이 집에 키우는 물소들이 풀을 뜯어 먹을 수 있도록 마을 근처의 동산들로 데리고 갔다. 나무 그늘 아래쪽에는 풀이 그런 나날에도 많이 자라 있었고 싱싱했다. 물소들에게 풀을 먹이는 일은 아이들에겐 아주 쉽고 유용한 것이었다. 습관적으로 소년 소녀가 이른 아침에 물소들을 데리고 마을 밖으로 나가, 오후 나절에 마을로 돌아온다. 파드마에게도 자신이 가장 좋아하는 물소가 있다. 파드마는 그 물소에게 느림보 라는 이름을 지어 주었다. 그 느림보는 자신의 이름에 걸맞게 행동할 수 있는 것이라면 뭐든 했다. 느림보가 물이나 진흙이 있는 웅덩이를 발견하면 언제나 웅덩이 안에 들어가 누워 버린다. 그 경우에 물소를 지키는 이는 그 느림보를 그 장소에서 빼내기 위해 아주 능숙함과 인내심이 필요하다. 파드마가 느림보를 좋아하게 된 것은 느림보의 잘생기고 긴 뿔에 있었다. 느림보의 뿔은 앞으로가 아니라 뒤로 자라나고 있었다. 먼저 그 뿔은 목에서 길이 방향으로 뻗더니, 나중에는 어깨 옆 그곳에서야 비로소 뿔은 하늘을 향해 높이 구부린 채 있었다. 물소들은 가지가 울창한 큰 나무들의 그늘에 풀이 무성한 곳을 찾아다니는 것을 좋아한다. 물소를 데리고 나온 소년 소녀는 물소들을 지켜보느라 자신들이 좋아하는 놀이를 즐기기엔 시간이 짧다. 소년들은 야자나무에 올라가는 것을 가장 좋아한다. 그 높은 곳에는 언제나 야자나무의 종류에 따라 잘 익은 야자수 열매나 아니면 더 작은 과일들이 달려 있었다. 뷔렌드라는 그런 과일들의 단단한 껍질에 구멍 내는 일엔 진짜 재주꾼이었다. 소년 소녀들이 마지막 한 모금의 우유 같은 야자수 열매의 수액조차 다 마셔 버리면, 그들은 돌을 이용해 그 단단한 껍질을 벗겨서는 맛나고도 영양분이 있는 하얀 과육을 먹었다. 소년 소녀들이 자연의 선물에서 충분히 군것질하고 나면, 뭔가 새로운 놀이를 하기 시작했다. 이름하여 숨바꼭질. 그들이 방목하고 있는 주변에는 그런 놀이에 아주 적당했다. 주변에는 키가 큰 나무들, 작은 나무들, 바위들, 숨겨진 곳과 움푹 팬 곳이 아주 많았다.

어느 날, 숨바꼭질 놀이를 하는 동안에 무슨 사건이 벌어졌다. 그 사건은 그 마을 사람들 삶의 마지막 순간까지도 잊지 못하게 된 일이었다. 뷔렌드라가 이번에는 두 눈을 감은 채 숫자를 열까지 헤아리는 술래의 차례가 되었다. 또 그는 자신을 숨긴 모든 동무를 손쉽게 찾았다. 그러나 뷔렌드라는 여전히 파드마를 찾아내야 했다. 파드마는 마치 그녀를 이곳의 땅이 집어삼킨 듯이 어디에도 보이지 않았다. 뷔렌드라는 이제 파드마를 부러워하기조차 시작했다. 소녀가 자신이 숨을 장소를 그렇게 잘 찾았기 때문이었다. 그런데 그가 다른 동무들과 함께 온 사방으로 파드마를 찾아보아도 아무 곳에도 찾을 수 없게 되자, 여자 친구에 대해 이제 슬슬 걱정되었다. 놀이는 중단되었지만, 아무리 이리저리 찾아보아도 결과는 마찬가지였다. 그래서 우

리는 파드마에게 무슨 일이 일어났는지를 알아
보자.

　파드마는 자신을 잘 숨으려고, 산비탈 아래로
달려갔다. 그러다 소녀는 바위 하나를 발견하
고, 바위 뒤가 자신이 숨기에 좋은 장소로 선택
했다. 바위 뒤로 소녀가 한 발을 내디딜 때, 그
만 자신이 미처 발견하지 못한 구멍으로 빠져
버렸다. 그러자 흙이 흘러 내리기 시작했고, 그
구멍은 더욱더 커졌다. 그리고 소녀가 자신의
빠진 발을 끌어 올리기도 전에 이번에는 다른
발이 그만 흙으로 들어가 버렸다. 소녀가 자신
을 그 구멍에서 빼내려고 뭔가 방법을 동원하
기도 전에 이미 어두운 큰 구멍 속으로 미끄러
져 내려갔다. 소녀가 구멍의 바닥에 도착했을
때, 어느 순간 자신이 그곳에 눕게 되었다.

　잠시 뒤 소녀의 두 눈은 어둠에 익숙해졌다.
그렇게 누운 채, 소녀는 순식간에 자신이 빠져
버리게 된 구멍이 어떤 것인가 보려고 머리를
좌우로 돌려 보았다. 소녀는 그게 자연으로 만
들어진 동굴이 아니라, 사람이 손으로 파 놓은
곳이었다. 소녀는 일어나려고 해 보았다.

　바로 그 순간 그녀는 자신이 있는 쪽으로 다

가서는 사람들이 내는 목소리를 듣게 되었다. 소녀는 그 목소리들이 뭔가 나쁜 사람들에게 속해 있음을 생각해 내고는 두려운 마음이 들었다. 그 나쁜 사람들이 동굴 안에 아이들을 붙잡아 가두려고 하는가 보다 하는 생각이 들었다. 그 때문에 소녀는 그 목소리들의 주인공들이 지나가고 사라질 때까지 누운 채 숨을 죽인 채 그대로 있어야 했다.

다시 그 안에 고요함이 찾아 들자, 파드마는 온 힘을 다해 일어나려고 했다. 소녀는 온몸이 아파져 옴을 느꼈기 때문이었다. 소녀는 천천히 또 조심스레 움직이다가 벽에 부딪혔다. 소녀에겐 이제 가까운 곳에 진짜 복도가 시작되는 것을 알 수 있었다.

순간, 소녀의 놀란 두 눈앞에 반쯤 어둠 속에서 넓게 펼쳐진 지하의 석실 공간이 보였다. 소녀의 두 눈이 어둠에 좀 익숙해지자, 주변의 벽마다 조각된 돌로 된 사람의 모습들이 온전한 집합체를 이루고 있음을 볼 수 있었다. 그곳에는 다양한 자세를 한 사람들과 신들이 홀로 또는 무리를 지은 채 있었다.

파드마가 그 물체들을 분명하고 자세히 볼 수

는 없었지만, 소녀는 자신이 본 수많은 장면에 매혹되었다. 그 장면들과 물체들은 소녀에겐 익숙하였다. 소녀 자신이 언젠가 이 모든 것을 체험한 듯이, 또는 소녀가 적어도 그런 물체들에 대해 들었던 것처럼. 소녀는 전혀 두려워하지 않았다. 소녀는 자신이 마치 옛 친구들 사이에 있는 것처럼 느꼈다. 그 느낌은 아주 이상했다. 소녀는 자신이 이전에 그곳에 한 번도 온 적이 없음을, 또 이전에도 이와 비슷한 무척 아름다운 물체들을 본 적이 없음을 알았지만, 그래도 이 모든 것이 자신에겐 분명하다는 느낌으로, 이 모든 것이 아주 친근한 느낌으로 다가왔다. 파드마가 자신의 두 눈과 영혼에 그 아름다운 물체들로 만족해 가면서 조심스럽게 그 큰 석실을 지나왔고, 그 날 햇빛이 가져다주는 밝음 속에서 자신을 안내하는 복도에까지 나와 있음을 알게 되었다. 온 방법을 동원해 소녀는 이 이상한 동굴의 출입구를 막아 놓은 작은 키의 나무들을 헤쳐 나왔다. 소녀가 스스로 얼마나 오랫동안 시간이 지났는지 모른 채, 그 동굴에서의 출구 바로 옆의 나무에 자신의 몸을 기댄 채 서 있었다. 소녀의 심장이, 심장이 자신의 가슴에서부터 튀어나오려는 듯한 큰 뜀이 진정되었을 때, 소녀는 자신의 동무들을 찾기 위해 출발했다. 친구들이 소녀를 발견하자, 그들은 소녀가 다시 보인 것으로 인한 자신들의 큰 기쁨을 어찌 표현해야 하는지 모를 지경이었다. 지금 뷔렌드라는 자신이 더 열심히 찾아보지 못한 점을 지금 아쉬워했다.

"너는 그렇게 잘 어디에 숨었니? 우리 모두 너를 찾아 나섰지만 실패했어!"

파드마는 아주 많이 당황해했다. '그들에게 뭐라고 대답해야 하나? 만일 내가 그들에게 진실을 말한다면, 분명 그들은 나를 비웃을 것이고, 내가 꿈꾸고 있다고 말할 것이다……. 아마도 그들은 그 동굴을 찾아보려고 할 것이고, 누군가 나올 수 없는 그 구멍 속으로 빠지게 될지도 모른다…. 안 돼, 난 이 동무들에게 아무 말도 하지 말아야 해'. 그렇게 파드마는 결심했다. 어려운 것이 비밀 유지이다. 친구들이 소녀에게 이것저것 물어도, 소녀는 자신이 확실한 것도 말하지 않아야 하는 것에만 집중했다. 놀랄 일이 아니었다. 소녀는 정말 자신의 삶에서 가장 중요한 체험을 한 것이다. 모두는 파드마

주변에서 궁금해 있었다.

"왜 파드마, 너는 그렇게 우울해 보여? 왜 너는 말이 없어?"

"내게 아무 일도 없었어. 나는 우리 놀이만 생각하고 있었거든."

동무들이 파드마가 자신들에게 털어 놓을만한 흥미로운 일이 아무것도 없다고 결론을 내리고는, 그들의 질문도 이젠 그쳤다. 다행히도 비밀은 잘 유지되었다.

8. 마을에서의 낭패감

다음 날, 파드마는 자신과 밴드 아저씨 두 사람만 말할 수 있는 적당한 순간을 기다렸다. 마침내 그들 두 사람만 남게 되자, 파드마는 말을 꺼냈다.

"밴드 아저씨, 그 사두의 이야기가 참말이에요. 제 두 눈으로 직접 모든 것을 봤어요. 춤추고 있는 시바를 보았어요. 자신의 큰 발톱으로 악마를 박살 내는 비시뉴도 보았어요. 또 사두가 자신의 이야기 속에 설명해 주던 다른 인물들도 보았어요. 모든 것이 진짜였어요. 나는 그들이 마치 말하는 것처럼 그들을 보고 들었어요."

"좋아, 좋아. 어린 여자 친구. 뭔가 새로운 것이 있는 건가요? 뭔가 새로운 환영을 다시 만났는가 보다."

얼굴에 미소를 띤 밴드 아저씨가 물었다. "아뇨, 밴드 아저씨. 그 물체들은 환영이 아니에요."

파드마가 힘찬 목소리로 대답했다.

"나는 지금 아저씨가 내게 말하며 들려주듯이

그들 목소리를 들었어요.”

그리고 소녀 자신에게 어제 일어났던 이야기를 차근차근히 해 주었다. 어떻게 해서 소녀가 그 구멍으로 빠지게 되었는지, 또 동굴 안에 있는 모든 것이 어떤 모습인지를 정확히 설명해 갔다. 파드마가 하는 설명이 하도 정확하고, 하도 활발해, 밴드 아저씨는 파드마가 하는 이야기를 부분적이나마 믿게 되고, 의심하지 못할 정도가 되었다. 마침내 그는 이렇게 말했다.

“파드마, 들어 봐요. 만일 그 장소를 기억한다면, 내일 아침 우리 둘이 그곳으로 가 봅시다. 그곳에서 우리는 동굴을 한 번 탐험해 봅시다. 파드마가 들은 그 이상한 사람들의 목소리들에 관해서도 연구해 봅시다. 좋은가요?”

“아주 좋아요, 아주 좋아요! 기억한다는 것은 물론입니다. 출입구는 어느 큰 바위 뒤에 있어요. 내일 제가 그곳을 알려 드리겠어요.”

다음 날 아침, 그들은 자신들이 어디로 가는지 아무에게도 말하지 않았다. 밴드가 쿠마르에게 파드마와 함께 산책해도 되는지를 물어보기만 했다.

“물론입니다! 그 아이가 선생을 따라가는 것

이 기쁩니다. 아이는 선생을 통해 많은 것을 배울 수 있습니다."

쿠마르는 대답했다. 한 시간 동안 걷고 나자 그들은 그 동산의 아래쪽에 다다랐다. 그때 그들은 비탈을 올라가기 시작했다. 여러 종류의 나무들도 지나고 수많은 키 작은 나무들도 지나게 되었다.

"이제, 저 큰 바위 뒤에, 저곳이 그 구멍이에요."

파드마가 가리켰다. 큰 회색의 바위는 그 키 작은 나무들 사이에 놓여 있었다. 가까이에서부터 밴드 아저씨는 저 작은 출입구가 얼마나 교묘하게 숨겨져 있는지를 명확히 볼 수 있었다. 그는 온 힘으로 다해 그 출입구를 열어, 구멍을 따라 내려 가 보았다. 그리고 파드마가 그의 뒤를 따랐다. 그러나, 그들은 곧 멈추었다. 사람들의 목소리가 그들의 귓가에 들리는 것 같았다. 사람들이 동굴의 깊은 곳에서 나오고 있었다. 파드마는 승리감의 시선으로 밴드 아저씨를 쳐다보기 시작했다: 소녀가 말한 모든 것이 실제적임을 알려 주고 있었다! 소녀가 자신의 친구 손을 쥐었을 때, 자신의 두 손은 흥분으로 조금 떨렸다.

 그들은 동굴 내부로 발뒤꿈치를 든 채 몇 걸음을 더 들어섰다. 밴드 아저씨는 자신의 둘째 손가락을 자신의 입에 대면서, 파드마에게 가능한 소리를 내지 않고 움직이는 것이 필요함을 몸짓으로 알려 주었다. 서서히 또 소리 없이 그들은 긴 복도의 온전한 길을 지나갔다. 마침내 그들은 동굴 안의 세 사람이 나누는 대화를 분명히 들을 수 있었다. 밴드 아저씨와 파드마는 그 사람들의 모습은 볼 수 없었다. 그들은 더 가까이 가 볼 용기가 없었다. 두려움 때문에 그들의 정체를 밝힐 용기가 없었다. 그 목소리 중에 한 사람이 말했다.

 "우리가 여기에 모아 놓은 모든 것의 절반을 우리에게서 당신이 달라고 요구하는가? 우리 둘은 당신처럼 똑같이 일하지 않았는가?"

 "그래, 당신은 실제로 똑같이 일했어요."

 더 묵직한 목소리를 한 다른 사람이 말했다.

 "하지만 그 아이디어는 나의 것이요. 만일 내가 당신들을 나와 함께 일하는데 초청하지 않았다면, 당신들은 여전히 이전처럼 가난한 채, 또 배고픈 농사꾼으로 있었을 거요. 지금은 두 사람이 부유해졌고, 가축도 갖게 되었고, 다른 사람들도 당신을 위해 일하고 있고요. 이 마을 저 마을로 밤마다 산책하면서 우리는 안락한 삶에 필요한 뭔가를 모아 왔지요. 그게 명석한 아이디어가 아닌가요, 하! 하! 하!"

이 마지막 말을 한 그는 실제로 동굴 속에서 메아리 되어 아주 큰 목소리로 들려 왔다.

"좋아요, 우리가 더 싸우지 않은 편이 나아요."

셋째 목소리가 들려 왔다.

"가장 나은 것은 우리가 오후에 이곳으로 돌아오면 그때 이 모든 것을 어떻게 나눌지 결정합시다."

"나도 동의해요."

그 깊숙한 목소리를 가진 사람이 말했다.

"만일 당신이 쉬고 싶으면, 당신은 여기에 남아 잠자도 좋아요. 우리 세 사람은 오늘 오후에 여기에 다시 모입시다."

그때 발걸음 소리가 들려 왔다. 그들이 더 가까이 다가왔다. 그 사람들은 두 '탐험가'들을 찾아내기보다는 뭔가 아주 급한 일이 있었다.

밴드 아저씨는 자신의 주변을 둘러보았다. 그

는 아주 가까운 벽에서 어두운 벽감을 발견했다. 큰 두 걸음으로 그는 벽감 안으로 들어갔다. 그리고는 파드마를 안으로 데려갔다. 그게 그 두 사람이 잘 숨기 위한 마지막 순간이었다.

그 순간이 지난 바로 뒤, 두 사람의 모습이 복도에 나타나, 우리 주인공들이 있는 방향에서 움직였다.

밴드 아저씨와 파드마는 자신에게 영원처럼 여겨진 몇 초 동안 숨을 멈춘 채 있어야 했다. 동굴 안에서부터 두 남자가 조심조심하는 발걸음으로 그들 옆을 지나갔다. 그렇게 숨은 우리 주인공들의 심장은 마치 북처럼 두근거렸다.

'이 심장 소리를 저 도둑들도 분명 듣겠구나.' 파드마가 생각했다.

'만일 저들이 우리를 발견하기라도 한다면, 우리를 죽여 버릴 수도 있겠구나!' 그러나, 그들은 아무것도 발견하지 못했다. 그들은 그 바위 아래의 열린 곳을 통해 그 동굴 밖으로 나갔다. 충분히 긴 기다림의 시간이 지난 뒤에서야, 도둑 중 두 사람은 이미 멀리 가 버렸음을 그들은 알았다. 나머지 한 사람은, 우리 주인공들이 보기엔, 그가 큰 숨소리로 보아서는 필시 편안하게 동굴 안에서 잠자고 있었다.

그때, 우리의 두 주인공은 이 동굴에서 나가기로 했다. 천천히, 두 발을 꼿꼿하게 세운 채 출구로 가까이 갔다. 밴드 아저씨가 맨 먼저 수풀 속에서 자신의 머리를 내밀었다. 근처엔 아무도 보이지 않았다. 그때 두 사람은 왼쪽으로, 또 오른쪽으로 조심하여 나갔다. 마침내 그들은 마을에 서둘러 갔다. 마을에 온 밴드 아저씨는 파드마와 함께 보고 들은 것을 마을 사람들에게 이야기하자, 마을 사람들은 주변에 모여들었고, 아주 조심스럽게 그가 하는 모든 말을 들었다.

"지금에야 내가 추수해 놓은 곡식 일부가 왜 부족한지 이해할 수 있어요."

쿠마르가 말했다.

"또 내 집 송아지가 어디서 사라진 것인지 이해할 수 있겠어요."

마을의 다른 사람이 말했다.

"또 밤 동안 빨래해 널어놓은 나의 가장 귀한 사리 옷이 어디서 없어진 것도요."

여자 중에서 한 여자가 말했다.

"또 내가 가진 쌀의 절반도 없어졌어요."

"또 내가 시장에서 사 온 밧줄도요."

"또 내가 마구간에 세워 둔 쟁기도요."

거의 모든 주민이 지난 이삼 년간 괴상한 방식으로 뭔가 도둑맞은 물건이 있었지만, 사람들은 한 번도 그런 도둑을 잡지 못했다.

"우리가 그 도둑들을 잡으러 갑시다!"

쿠마르가 외쳤다. 오후 일찍 모든 남자는 그 동산을 향해 출발했다. 모든 사람은 뭔가로 무장을 했다. 예를 들면, 삽, 낫, 곡괭이나 간단한 몽둥이 같은 것들을 들었다. 마을 사람들에겐 대단히 흥분되는 일이었고, 아무도 그 도둑들 이야기와 어찌 그들을 잡을지 의논하는 것 말고는, 다른 이야기들은 하지 않았다.

그때, 다른 경우에는 밴드 아저씨에 관해서라면 가장 목청을 높여 반대 의견을 말하던 라잡이 자신의 존재를 알렸다. 그가 말했다.

"여러분 모두는 정말 전쟁터에 가는 사람처럼 잘 달려가겠군요. 만일 도둑들 이야기 모두가 저 이방인이 만들어 냈다면요? 만일 그곳으로 갔지만, 도둑들이 없다면요? 그때는 여러분은 저 이가 여러분을 거짓말과 진실을 구분하지 못하는 어떤 멍청한 이들처럼, 천진난만한 이들처럼 여러분 코를 잡고 끌고 왔음을 알게 될 거요. 그리고 더구나 저이는 자신의 이야기 속으로 이 일과 아무 관련 없는 파드마 같은 소녀도 끼워 넣었답니다. 내가 크리슈나Krishno 에게 맹세하리다. 저 이방인이 한 이야기가 진실인지 아닌지를 입증하지 못할 때는 나는 아무 곳도 안 갈 거요. 여기에 나와 함께 남을 사람은 없나요?"

"그런데, 손님이 우리를 어떤 경우에도 속이지 않았다는 것을 지금까지 내가 말하지 않았어요."

그렇게 딜리프는 좀 주저하며 말했다.

"더구나, 집마다 뭔가 부족하다는 이야기는 도둑 집단이, 그래, 계속해서 뭔가 훔쳐 갔음을 뜻하는 것이 아닌가요?"

쿠마르가 그 말에 덧붙였다.

"또 우리 손님은 이 모든 일에 파드마를 끼워 넣었다는 말은 전혀 사실이 아닙니다. 반대로, 진실은 이러합니다. 딸이 맨 먼저 그 동굴을 발견했습니다. 이 아이가 밴드 아저씨를 불렀습니다. 내가 아는 한, 파드마가 거짓말을 하지 않았음은 분명합니다. 나는 이 이야기가 진짜로 벌어진 일이며, 여러 해 동안 우리 속에 자신들의 모습을 숨긴 채 뭔가를 우리에게서 훔쳐 간 저 도둑들을 밝혀내는 일에 우리 손님은 우리 모두를 초청하여, 우리에게 큰 기쁨을 주고 있습니다."

"나는 갈 거요!"

"밴드 아저씨와 함께 우리 모두 앞으로 갑시다!"

"우리를 안내해 주세요!"

여러 곳에서 그와 같은 소리가 들렸다.

이제 마을 사람들은 이미 알려진 방향으로 나아 갔다. 밴드에 의해 안내를 받은 마을 사람들은 그 동산에 도착해, 산을 오르기 시작했다. 그들은 그 숨겨진 입구가 있는 바위를 에워쌌다. 거의 같은 시각, 세 명의 도둑은 마을 사람들이 외치는 소리에 차례로 두려움을 느끼고 깜짝 놀라, 바로 그 구멍을 따라 밖으로 나왔다.

그들은 자신들을 에워싼 마을 사람들의 틈새를 비집고 내빼려고 하였다. 절망적으로 또 온 힘을 다해 그 일당은 세 사람, 네 사람의 마을 사람들을 넘어뜨리고 탈출해 보려고 했다. 그러나 다른 사람들이 그 일당을 붙들었다. 그러자 도둑들과 쫓는 사람들이 함께 당황해 동산에서 구르기도 하였다. 마침내 마을 사람들이 세 도둑의 손을 묶는 데 성공하고, 그들을 온전히 제압할 수 있었다.

"그래, 당신들이 그렇게 오랫동안 우리를 약탈해 온 그 도둑들이구나."

쿠마르가 말했다.

"그게 무슨 말이요?"

마치 그 말에 상처를 입은 목소리처럼 도둑들 일당 중 대장이 말했다. 그는 마을의 부자가 입는 복장을 한 중년 남자였다.

"당신은 내가 하고 싶은 말을 잘 알고 있구나. 설명은 필요 없어. 무슨 설명을 하고 싶으면, 당신은 그걸 당신들을 넘겨 줄 경찰에게 하기나 해요."

그때 쿠마르는 마을 사람들에게 향해 말했다.

"당신들 두 사람이 저 동굴로 들어가, 안에 놓여 있는 모든 것을 갖고 와 보시오."

마을 사람 둘이 들어갔다가, 얼마 되지 않아, 쌀이 가득 담긴 자루를 들고 나왔다. 그들은 여러 번 들어가더니 마침내 사람들 앞에 가장 다양한 물건들을 전부 내놓았다. 여섯 자루의 곡물을 제외하고서도 열두 개의 다양한 농기구, 여러 벌의 옷, 두 개의 주전자와 다른 여러 물건. 마침내 사람들은 동굴 속에서 긴 밧줄의 끝에 염소 두 마리도 끌고 왔다. 가재도구 중 몇 점을 이런저런 농부가 자신의 소유물임을 곧장 알게 되었다. 도둑들은 이제 그곳에서 부끄러운 처지가 되어, 고개를 떨구었다. 마을 사람들은 모든 도둑의 등에 각각 한 개의 무거운 자루를 짐 지게 했다. 마을 사람들은 마을로 데려가기 위해 다른 물건들을 각각 분담해서 들고 갔다. 콘다푸르로 향하는 마을 어귀는 진짜 승리의 길이었다.

"그렇게, 그래, 너희들은 가난한 사람들이 땀으로 일군 것을 이용해 호화롭게 살아가는 부자 같구나."

그렇게 어느 여자가 말했다.

"너희들은 합당한 벌을 받아야 해!"

"이것은 내 사리 옷이네."

그렇게 다른 사람이 말했다.

"나는 이 옷을 사는데 내가 가진 모든 돈을 주었어."

그 사리를 그 말을 한 마을 사람에게 곧장 주었다, 마찬가지로 마을 사람들이 자신의 것으로 곧장 알아차린 가재도구들은 모두 소유주에게 돌려주었다.

마을 사람들은 도둑들과 또 그 밖의 물건들 모두를 경찰에 넘기기로 하고, 소도시 우다야나 가르로 보내기로 했다. 마을 사람들이 도둑들에게 화를 내기도 했지만, 아무도 그들을 건드리거나 모욕을 주진 않았다. 그리고 모두 침착하게, 이 도둑들에겐 정당한 벌이 기다리고 있을 것을 생각하며 행동했다. 누군가 여러 해 동안 마을 사람들에게서 약탈해 왔다는 것을 모두 알고 있었다. 어떤 경우에는 그들 중 누군가는 생각했다.

'만일 내가 그 도둑을 잡는다면, 그를 내 손으로 잡아서 산 채로 두지는 않을 거야!'

그러나 도둑들이 마을 사람들에게 붙잡힌 지금, 그들은 느끼기를, 유일하고도 정당한 벌은 그 도둑들에게 내리는 판사의 판결이 될 것이고, 만일 자신들이 복수하게 된다면, 이는 도둑들이 한 행동처럼 정당하지 못하다고 느꼈다.

더구나, 몇몇 사람들은 도둑들이 처한 비참한

상황을 보고서 도둑들에게 애처로운 생각도 느꼈다.

"파드마, 얘, 네 덕분에 내가 새로 산 사리 옷을 다시 찾았구나."

이웃 아주머니 중 한 사람이 말했다.

"잘 했어, 파드마, 용감하구나!"

모두 소리치고는 손뼉도 쳤다. 그때 파드마는 갑자기 자신의 몸을 돌려, 자신의 집으로 뛰어 가버렸다. 밴드 아저씨가 파드마를 뒤따랐다.

파드마가 자신의 침대에 배를 아래로 하고 엎드려 누운 채, 얼굴을 베개에 묻고 있었다. 밴드 아저씨는 그녀의 침대 곁에 앉았다.

"우리 작은 동무 파드마에게 무슨 일이 있나요? 모두 즐거움에 만족하여 있는 걸요. 우리 파드마 덕분에 마을 사람들이 도둑들을 잡을 수 있었어요. 하지만 파드마는 그것에 아주 만족한 모습은 아니군요."

귀여운 소녀는 자신의 몸을 돌려, 얼굴의 눈물을 훔치려고 하였지만 아무 말을 하지는 않았다.

"파드마는 오늘 있었던 일에 대해 어떤 기분인지 말해 줄 수 있겠어요? 누가 파드마에게 무슨 불공평한 일을 하던가요? 내가 할 수 있다면, 기꺼이 파드마를 도울게요."

"밴드 아저씨, 이들이 도둑인 줄 알았어요? 내가 그 동굴에서 본 그것들은 지난번 사두가 우리에게 이야기해 준 신들과 사람들이에요."

"파드마, 무슨 그런 어리석은 말을 말아요. 동굴에서 직접 보지 않았어요? 그리고 파드마는 그들이 말하는 것을 직접 듣지 않았나요?"

소녀는 대답하지 않았다. 그녀는 자신의 큰 친구의 푸른 눈만 뚫어지게 바라볼 뿐이었다.

밴드 아저씨는 그가 어찌하면 될지 생각에 생각을 거듭했다. 잠시 시간이 지난 뒤, 그는 말을 꺼냈다.

"파드마, 내게 생각이 있어요. 내일 그 동굴로 우리가 다시 가 봐요. 내가 진지하게 그 동굴 안을 조사해 볼게요. 그러면 파드마는 만족하겠어요?"

소녀의 얼굴에 우아한 미소가 그 대답이었다. 소녀는 자신의 친구를 비스듬히 쳐다보았다. 소녀가 마치 이렇게 말하듯이. '밴드 아저씨, 아저씨는 내가 생각하고 있는 것을 언제나 참 잘 알아맞히는군요!'

9. 옛이야기들은 살아 있다

다음날, 밴드 아저씨와 파드마는 유쾌하게 그 동산으로 갔다. 그는 한 손에 큰 석유 램프를 들고 갔다. 그들은 그 바위로 올라갔다. 바위 앞에는 어제 도둑 일당과 싸움을 벌인 흔적이 아직도 선명하게 남아 있었다. 파드마가 그만큼 많은 질문을 하는 바람에, 밴드는 어떻게 해서 그 일당을 잡게 되었는지를 아주 세세하게 말해 주어야만 했다.

밴드는 이야기하면서 램프에 불을 켰다. 그들은 이제 다소 넓혀진 구멍을 따라 걸어갔다. 그들은 도둑들의 대화를 둘이 함께 전날 들었던 전실을 지나갔다. 이제 그들은 도둑 일당으로 인해 생길 위험이 더는 존재하지 않아, 용감하게 또 아무 걱정 없이 들어갔다. 동굴은 온전히 고요했다. 램프로 벽을 비추자, 그들이 걸어가는 석실 공간 안으로 길고 깊은 그림자들을 만들었다.

"오, 정말 크고 아름다운 공간이구나!"

밴드 아저씨는 깜짝 놀라 외쳤다.

"파드마가 첫날 나에게 이야기해주던 그대로

군요."

"저기를 봐요!"

파드마가 맞은편 벽을 가리키며 흥분이 되어 말했다. 밴드 아저씨가 몇 걸음 앞서 걸었고, 램프를 자신의 가슴 높이까지 올려 보았다. 그가 그 벽면에 가까이 가자, 거의 숨을 못 쉴 정도였다. 그렇게 이상한 모습을 지금 그는 보고 있다.

벽은 수많은 큰 정사각형의 부문으로 나누어져 있었고, 모든 정사각형 안에는 한 개 또는 여러 개의 인물 형상이 조각되어 있었다. 그들 중 몇 개의 모습은 사람 크기보다 더 컸다. 그 장밋빛의 모랫돌은 수많은 곳에서 아름답게 윤이 나 있었고, 한편 다른 돌에서는 형상들이 크게 훼손되어 있었다. 그러나 예외 없이, 모든 그림은 인도 전설에 나오는 인물들과 장면들을 보여 주고 있었다. 파드마는 한 곳에 멈추어 선 채 말했다.

"이 분을 알아요. 이 분은 시바 신이에요!"

밴드 아저씨가 덧붙였다.

"그렇군요. 사두라는 분이 우리에게 이야기해 준, 가장 유명한 무용수군요."

밴드 아저씨는 힌두교의 전설을 많이 알고 있었다. 그에겐 이 동굴 벽면에 조각된 인물 형상들의 많은 것들을 여전히 쉽게 알아맞힐 수 있었다.

"파드마, 이 인물은 사두라는 분이 말해 준 비시뉴이군요. 저 형상이 가리키는 것이……. 보여요?"

"저분이 바로 반은 사자이고 반은 사람인 형상이에요."

파드마가 덧붙였다.

"그분은 그 악마를 큰 발톱으로 단번에 때려 부수었어요. 그 악마 이름이 뭐라 했더라?"

"히라냐카시푸Hiranjakasipu가 그분의 이름이지요. 그렇게 사두가 말했어요. 파드마, 기억이 나요?"

"그래요, 이제 기억이 나요. 또 여기에 있는 이분들은 뭔지 생각나세요, 밴드 아저씨?"

"여기는 비시뉴와 브라만Bramo이 토론을 벌이고 있군요. 그리고 이게, 이 기둥 뒤편에는 그들에게 진실을 말하러 시바가 오고 있어요. 수백 년 전에 여기서 살았던 사람들은 위대한 미술가예요. 나는 파드마에게 정말 고맙게 생각

해요. 파드마가 내게 이 동굴의 신비를 밝히는 기회를 주었어요!"

파드마는 그런 감사의 인사말을 거의 듣지 못했다. 왜냐하면, 그녀는 이 놀라운 예술품을 보느라 그것에 정신이 빠져 있었기 때문이었다. 모든 조각된 널빤지에서 그녀는 멈추어 서서는 자신의 친구에게 물어보았다.

"이 분은 누구예요?"

"여긴 무슨 일이 일어났나요?"

여전히 오랫동안 그들은 동굴에서 여기저기를 둘러 보고 다녔다. 왜냐하면, 밴드는 이 모든 조각된 형상들을 관찰하고 싶었기 때문이었다. 그는 계속 걸어가면서 파드마에게 설명해 주었다. 이 동굴은 인도의 여러 지역의 많은 동굴 사찰 중, 수백 년 전에 바위를 잘라 만든 것으로는 유일한 것이라고 설명했다. 풍부하게 조각된 대문을 지난 그들은 다른 석실로 들어섰다. 그것은 처음의 것보다 덜 넓지만, 더 길었고, 천장은 낮았다. 그 석실의 벽에만 아무 부조 조각품이 없었다. 밴드 아저씨는 그 벽에 다가가, 그 벽면에 램프를 더 가까이 비춰 보았다. 그곳에서 그는 색깔이 있는 벽화를 보게 되었다. 그것들은 신들, 사람들, 동물들, 집들을 나타내고 있었다. 이를 본 사람이라면, 왕자와 공주의 만남 장면, 사냥하는 장면, 또 싸움 장면을 연상할 수 있었다. 그렇게 만들어진 모든 것은 장인의 손으로 반짝이는 색깔로 채색되어 있었다.

"봐요, 파드마. 이분들은 라마와 시타예요. 공작새를 타고 있고, 마치 새들이 날듯이 공중에 날고 계시는 두 분이네요."

밴드 아저씨가 말했다.

"또 피리를 불고 있는 이 분은 누구세요?"

"그분은 크리슈나인데, 이분에 대해서 아름답고도 유쾌한 설화를 전해 주는 수많은 전설이 있지요. 만일 사두가 시간이 더 있었더라면, 그이가 크리슈나의 체험담에 대해서도 분명 이야기를 해 주었을 거예요."

밴드 아저씨는 대단히 감동했다. 그가 파드마 덕분에 수많은 학자들이 관심을 가질만한 지하 사찰을 자신이 알아내게 된 것임이 분명해졌다.

두 사람이 셋째 석실 공간으로 지나갔을 때, 밴드 아저씨는 그 안에서 자신을 빙 둘러 보았다. 어둠은 그렇게 짙어, 램프의 약한 노란빛으로는 그곳이 어떻게 채색되어 있는지를 알 수 없을 정도였다. 그들 주변은 마치 검은 커튼이 자신들의 주변을 에워싸고 있는 것처럼 그렇게 까맣다.

"파드마, 이제 우린 나가야 해요. 여기에 좀 더 있다가는 우리가 어느 방향에서 들어 오는 지를 잊어버리게 될지도 모르겠어요."

그들이 동굴들 속에서 빠져나왔을 때, 파드마 와 함께 밴드 아저씨는 서둘러 마치 누군가가 마을에서 그들을 기다리고 있는 것처럼 자신들 이 사는 마을로 돌아가기로 했다.

귀갓길에 그는 파드마에게 두 사람이 함께 본 모든 것을 다른 사람들에게 이야기해도 되는지 물었다. 파드마는 그렇게 해도 된다고 고개를 끄덕였다. 그들이 콘다푸르 마을에 도착했을 때, 마을 사람들은 그들을 에워쌌다. 밴드가 대 낮인데도 불구하고 손에 램프를 들고 있다는 사실이 이웃사람의 관심을 유도해 버린 결과가 되어 버렸다. 밴드 아저씨는 파드마가 발견한 흥미로운 일을 마을 사람들에게 설명해 주었다. 그러나 그들 중 아무도 자신이 사는 마을에서 가까운 동산의 내부에 고대 사찰이 발견되었다 는 것에 대해 믿으려고 하지 않았다. 그것은 그들에겐 믿기지 않는 일로 여겨졌다. 파드마도 대화에 끼어들었다.

"그렇습니다. 우리는 시바 신도 봤어요. 사두가 그분에 대해 우리에게 설명해 주었어요. 그분은 자신의 위대한 춤을 바로 표현하고 있었어요. 그렇게……."

그 말을 하고서, 그녀는 두 팔을 우아하게 펼친 시바 신의 모습에서 본 춤사위로 자신을 표현해 보였다.

"다른 점이 있다면 그 시바 신은 팔이 여덟 개이거나 열 개였어요."

마을 사람들은 자신들이 그 소녀를 어릴 때부터 알고 지냈으나, 지금 그 소녀가 이미 성장한 아가씨처럼 보이는 그 소녀를 보고 있었다. 마을 사람들은 소녀를 감탄으로 쳐다보고는, 소녀가 하는 말을 듣고 있었다.

"그리고 우리는 비시뉴 신도 보았어요. 자신의 집 문턱에서 그 악마를 때려잡는 장면을 보여 주었어요. 마을 사람들 여러분께서는 그 사두가 말해 주던 것을 기억하고 있지요?"

밴드 아저씨는 자신의 방으로 먼저 가, 뭔가 쓰기 시작했다. 그는 자신의 종이에 한 장, 두

장, 석 장을 채워 나갔다. 그는 모든 것을 편지 봉투에 담아, 우표를 그 위에 붙였다. 그리고 그때 그는 우다야나가르에 있는 우체국으로 그 편지를 가져가, 우송해 달라고 한 청년에게 요청했다. 청년은 편지를 자신의 호주머니에 조심해서 접어 넣고, 길을 떠났다.

모두는 놀라움을 감추지 못한 채, 길떠나는 청년을 바라보고 있었다.

아무도 자신들 마을 가까운 곳에 옛 사찰의 유적지가 발견되었다는 소식이 왜 그렇게 긴급하게 알려져야 하는지 전혀 이해하지 못했다.

10. 도시에서 온 방문객들

　그로부터 일주일 동안 그 놀라운 동굴을 알고 싶어 하지 않는 마을 사람들은 남자 여자를 불문하고 아무도 없었다. 몇 사람은 동굴 안의 부조 조형물들, 신들의 석상들 앞에 촛불을 밝혔다. 그리고 그들은 힌두교의 풍습에 따라 조형물들에 꽃을 장식했다. 동굴이 발견된 지 열흘째 되던 날, 자동차 한 대가 콘다푸르 마을에 도착했다. 그 자동차에서 세 명의 승객이 내려, 그중 한 사람이 자신을 소개했다.

　"저는 쿠숨 굽타Kusum Gupta라고 합니다. 저는 '뉴델리Nevdelhi 역사 유적 관리청'의 이름으로 여기에 왔습니다. 여기에 함께 온 사람들은 저의 조수들입니다. 밴드 씨, 저는 선생님의 편지를 받고 정말 고마운 마음을 표하고 싶습니다."

　쿠숨 굽타 학자는 마을 사람들과 대화를 나누며, 마을에서 잠시 쉬었다. 그리고는 그는 조각품들이 있는 동굴로 자신을 안내해 달라고 마을 사람들에게 요청했다. 이제 방문자들은 그 동산으로 출발했다.

동굴의 출입구에 도착한 학자들은 배터리로 작동되는 큰 헤드라이트를 켰다. 마을 사람들도 자신의 석유 램프를 가져 왔다. 그래서 이젠 지하의 동굴 공간은 환한 빛으로 가득 찼다. 쿠숨굽타는 자신이 보는 모든 것에 대해 아주 열심이었다. 그는 이 조각품들이 정말 수준이 높다고 했고, 두 번째 석실의 미술작품들은 인도에서 지금까지 발견된 작품 중에서 가장 아름다운 작품에 속한다고 곧 알려 주었다. 강력한 배터리로 작동되는 불빛을 이용해 학자들은 지금 밴드가 파드마와 함께 들어가기를 꺼렸던 다른 석실들도 들어갈 수 있다. 다른 석실들로 안내하는 몇 개의 복도에는 흘러내린 바위들과 흙으로 막혀 있었다. 그 장애물을 서둘러 제거하여 계속 앞으로 나아 갈 수 있었다.

그 학자는 일천 년 전에는 이 사찰이 전국에서 가장 중요한 문화중심지였다고 결론을 내렸다. 학자의 조수들은 이 사찰이 인도의 여러 지역에 존재하는 다른 사찰들과의 유사성에 대해 서로 토론했다. 그들이 다시 동굴에서 나와 마을로 귀환하는 동안, 그 학자는 기쁜 마음으로 마을 사람들에게 이야기해 주었다.

"앞으로 이 마을은 중요한 장소가 될 것입니다. 수많은 학자들, 여행자들, 종교인들이 저 옛 사찰을 구경하러 올 겁니다. 인도 전국에서는 물론이고 다른 나라에서도 사람들이 오게 됩니다. 그러나 이 발견에 대해 사람들이 알기 이전, 저희가 다양한 조사 활동을 하게 됩니다. 저희는 전기를 설치해, 이곳을 방문하는 사람들이 그 조각품들, 벽화들을 더 잘 볼 수 있도록 할 것입니다."

"오호라"

쿠마르가 갑자기 말했다.

"그 말씀은 우리 마을에도 전깃불이 들어 온다는 거지요?"

"당연한 말씀입니다!"

쿠숨 굽타가 말했다.

"수많은 일이 이 마을에서 바뀌게 될 것입니다. 무엇보다도 먼저 저희는 이 동굴 탐사와 관련한 사업에 많은 수효의 노동자가 필요합니다. 월급 수준도 좋습니다. 저희는 이 마을까지 도로를 건설하고, 또 이 마을에서 저 동굴까지도 도로를 낼 겁니다. 호텔도 건설될 것이요. 추가로 필요한 건축물도 몇 채 짓게 됩니다. 이제

이 마을에 사시는 분들 모두 이 사업에 종사하게 될 겁니다."

　모두 주의 깊게 쿠슘 굽타의 말을 듣고 있었다. 그들은 자신이 좀 전에 들은 모든 것을 거의 믿지 못할 정도였다. 그들 중 여럿은 이 마을에서의 새로운 삶에 대해 그림을 이미 그리고 있었다. 이제 그들이 마을에 도착하자, 모두는 쉬기 위해 잠시 자리에 앉았다. 그 학자는 밴드 아저씨에게 자신의 몸을 돌려 말했다.

　"이러한 발견을 알려 주신 선생님께 감사를 드립니다. 저희는 이 모든 발견에 대해 선생님께 특별한 감사를 표하고자 합니다. 왜냐하면, 선생님이 그렇게 빨리 이 모든 사항을 저희에게 알려 주셨습니다. 저희는 분명히 이에 대해 보상을 하고자 합니다."

　"잠시만 기다려 주세요!"

　밴드가 그 학자가 하는 말을 중단시켰다.

　"제가 이 동굴을 발견하지 않았습니다. 그 일은 파드마의 공입니다. 이 소녀입니다."

　그러면서 밴드 아저씨는 그 소녀를 자신에게 끌어당기면서, 말을 덧붙였다.

　"만일 누군가 뭔가 보상이나 상을 받아야만

한다면, 그것은 당연히 이 소녀의 몫입니다."

굽타 씨는 이제 그 동굴의 발견에 대한 충분한 이야기를 듣고 싶어 했다. 밴드 아저씨의 도움을 받아, 파드마는 그 일이 어떻게 되었는지를 자세히 설명해 드렸다.

"아주 잘 알았어요, 파드마. 나는 파드마에게 고맙다는 말을 해야겠어요. 왜냐하면, 파드마가 우리나라를 위해 큰 봉사를 하였기 때문이에요. 말해 보세요, 어떤 상을 받고 싶은지요?"

그 학자의 그런 말씀에 파드마는 조금 당황하여 부끄러운 마음에 두 눈을 아래로 하였다.

"제가 저 아가씨의 바람을 대변해도 되겠는지요?"

밴드 아저씨가 끼어들었다.

"저 소녀의 꿈은 좋은 무용수가 되는 것입니다. 때때로 저 소녀는 우리에게 자신이 음악과 춤에 소질이 있음을 입증해 보여 주었습니다. 만일 청장님이 속한 기관에서 저 소녀를 무용을 전문으로 가르치는 예술학교에 입학하는 일을 도와줄 수 있다면 그게 만족하게 하는 보상보다 더 큰 것이 될 것입니다."

"제가 동의합니다."

그 학자는 대답했다.

"우리가 이 소녀를 뉴델리에 있는 무용 전문 학교 중에서 가장 좋은 학교의 학생으로 입학하게 되는 일을 해 드리겠습니다. 그러면 이 소녀는 가장 좋은 선생님들을 만나게 될 것이고, 자신이 원하는 대로 무용수가 되는 데 필요한 학년의 수만큼 공부할 수 있게 될 것입니다."

"그러면 선생님들이 우리 아이를 데려가신다는 말씀인가요?"

갑자기 파드마 어머니의 울먹이는 듯한 목소리가 들려 왔다.

"오, 그 점은 걱정하지 마세요. 어머님"

굽타 씨가 설명을 시작했다.

"이 소녀는 그 학교가 방학할 때마다 이곳, 고향으로 와서 어머님 곁에 머무르게 됩니다. 그 밖에도 앞으로는 이 마을에 자동차나 트럭도 아주 많이 다니게 됩니다. 제가 어머님이 따님을 한 달에 한 번 찾아볼 수 있도록 우리 기관의 운전기사들에 요청해 놓도록 하겠습니다. 그러면 어머님도 만족하시겠지요?"

파드마의 어머니는 이제 말이 없었다. 파드마 어머니 대신에 아버지가 대답했다.

"우리 가족은 선생님께 정말 감사의 말씀을 드립니다. 한때 저는 저 아이가 춤을 배운다는 것을 반대하였지만, 만일 선생님이 그 일이 아름다운 것이고, 저 아이가 도시에서도 학업을 잘 해 나갈 수 있다면, 우리 가족은 저 아이가 도시의 무용학교에 입학하는 것에 동의합니다."

학자는 이제 도시로 귀환하기 위하여 준비하였다.

그가 마을 사람들에게 작별 인사를 시작하기 이전에, 밴드에게 자신의 몸을 돌려 말했다.

"하지만, 저는 이 동굴의 발견 자체에 밴드 선생님의 지대한 공로를 의심하지 않습니다. 특히 그렇게 서신으로 저희에게 통지해 주신 점에 대해서도 말입니다. 만일 우리 기관이 밴드 씨, 선생님께 어떤 식으로라도 보답하려고 합니다."

밴드는 살짝 웃으며, 아무 생각 없이 곧장 말했다.

"진심으로 감사드립니다. 굽타 씨. 만일 청장님이 가져온 차량에 빈자리가 하나 있다면, 제가 기꺼이 뉴델리로 청장님과 함께 타고 갔으면 합니다. 그것이 저에 대한 보답으로 받아들이고 싶습니다."

학자는 진심으로 웃었다.

"하! 하! 하! 이상한 분이군요. 제가 보기론 말입니다. 물론 저희에겐 선생님을 위한 자리를 내어 드리겠습니다."

"선생은 정말 지금 떠나려고요?"

깜짝 놀란 쿠마르가 물었다. 그리고 다른 사람들도 그 물음에 동참했다.

"그럼요. 언젠가 우리는 작별해야 합니다. 친구 여러분! 우리가 함께 보낸 아름다운 나날에 대해 감사드립니다. 분명히 말씀드리고자 하는 것은 저는 콘다푸르에서 보낸 나날을 절대로 잊지 않을 겁니다. 여러분 모두의 가정에 번영과 행복이 함께 하기를 기원합니다."

밴드 아저씨는 먼저 파드마와 작별을 하려 했지만, 소녀는 그 자리에 없었다. 밴드는 그 소녀를 어디서 찾아야 하는지 알고 있었다. 소녀는 자신의 침대에서 울면서 앉아 있었다. 그는 자신도 그 소녀처럼 작별에 대해 아주 마음이 아팠지만, 그는 자신의 여자 친구에게 앞으로 또 만날 날이 있음을 약속했다. 아마 그때는 소녀가 정말 유명한 무용수가 될 때가 될 것이다.

파드마는 여전히 눈물을 닦으면서 말이 없었다.

저 멀리서 이젠 떠날 준비가 되었다는 자동차의 경적이 들려 왔다. 그는 자신의 어린 여자 친구의 까만 머리를 쓰다듬어 주고는 말없이 밖으로 나왔다. 거의 모든 마을 사람들이 곧 떠나게 될 사람 -밴드 아저씨- 를 배웅하러 두 손을 모은 채 자동차 주위에 모여 있었다. 빙 둘러 본 밴드 아저씨는 콘다푸르 마을의 모든 친구 한 사람 한 사람씩 포옹하였다. 맨 앞줄에는 첫날부터 그를 손님으로 맞아준 쿠마르가 자신의 아내와 함께 서 있었다. 쿠마르와 그의 딸 파드마는 밴드 아저씨에겐 콘다푸르 마을에서 가장 귀한 사람들이었다.

딜리프Dilip의 초록 터번이 모든 사람의 머리 위에서 돋보였다.

어린 친구 뷔렌드라는 떠나는 친구를 슬픈 표정으로 쳐다보았다.

하지만 그는, 한편, 밴드 아저씨 덕분에 내일이면 학교에 입학할 수 있어 기쁜 마음이기도 했다. 마지막 줄엔, 모든 사람의 뒤편에 라잡Raghap은 고개를 숙인 채, 좀 부끄러운 듯이 서 있었다. 왜냐하면, 이 '이방인'의 의도에 대해 자신이 가진 악의적 의심 전부가 사실이 아니었음이 밝혀졌기 때문이었다.

"나마스떼! 나마스떼, 밴드 씨!"

"나마스떼! 친구 여러분!"

밴드 아저씨가 연거푸 대답했다. 자동차가 출발하려는 순간, 그는 파드마가 사는 집 쪽으로 눈길을 여전히 두고 있었다. 소녀는 이제 좀 자신을 차린 모습이었고, 진지한 아가씨의 모습으로 자신의 집 문턱에 서서 손을 흔들어 작별인사를 하고 있었다. 이제 자동차가 출발했다.

밴드 아저씨는 이 작별 순간에 자신의 두 눈에 눈물이 흘러내리기가 아주 더 쉽다는 것을 느꼈다. 하지만 그는 자신의 눈에 눈물이 흘러내리는 것을 허락하지 않았다. 왜냐하면, 학자들 사이에서 운다면 부끄러움이 될 수도 있기 때문이었다.

-끝-

/서평/에스페란토-굴라쇼: 낭만적이고 매력적인 풍경[10]

위지엔차오[11]

굴라쇼(헝가리어:gulyás)란 동유럽의 헝가리와 여타 나라에서 먹는 일상 음식입니다.

중국보도사(El Popola Ĉinio,1985년 1월 당시)에서 근무하셨던, 작고하신 라우룸 선생님은 한때 티보르 세켈리의 신작에 대한 서평에서, "이야기꾼으로서의 그분의 재능은 천부적이시다"고 말씀과 아울러 티보르 세켈리야말로 '*명확성, 생동감, 낙관주의와 재치성*'에서 자신만의 특유의 문체를 가지고 있다고 하셨습니다. 저도 헝가리를 한 번 여행한

---

10) 이 기고문은 2013년 3월10일에 작성되어. Belarta Almanako(제30호)지에 실림.
11) 위지엔차오YU Jianchao는 1956년생으로, 2012년에 티보르 세켈리의 3편의 청소년 소설인 <정글의 아들 쿠메와와>, <초원의 아들 테무친>과 <갠지스 강의 무용수 파드마>를 <자연의 아들> 3부작으로 이름 지어 중국어로 번역 출간하였습니다. 현재 베이징 에스페란토협회 회장으로 활동하고 있다.

적이 있었고, 그곳에서 때때로 그 유명한 음식인 "gulyás"를 맛볼 기회가 있었습니다. 중국인인 저로서는, 입맛을 다시면서, 내가 진짜 굴라쇼를 먹어 보았네 라고 말해 보았습니다.

그런데 어느 날 중국에서 하루 일을 마친 뒤, 나는 서둘러 집으로 귀가하였습니다.

냉장고에서 날 것의 쇠고기 한 조각을 꺼내, 양파, 마늘, 고추, 미나리 등의 식재료를 선택했고, 나는 그 수프에 토마토를 추가해 손가락으로 간이 맞는지 맛보기도 하였습니다.

두 시간 뒤, 나의 중국식 굴라쇼가 완성되어 좋은 입맛을 불러 일으켰고, 내 손님들을 맞이하는 최고의 요리가 되었답니다.

하지만 지금까지도 나는 "세켈리-다양한 기억들의 굴라쇼"를 중국어로 정확히 옮기지는 못합니다. 번역에서의 충실성, 표현의 유려성과 우아함은 교정, 갈무리와 고통의 시간적 지속성을 필요로 하고 있습니다.

군것질은 침샘을 자극하고, 문학 속의 문장은 영혼을 흔듭니다.

티보르 세켈리의 에스페란토-굴라쇼, 이 요리에는 낭만적이고 매력적인 풍경이 있어, 에스페란토 문화 향연장으로 독자들을 안내해 독자의 영혼을 살지워 줍니다.

<번역자의 말>

  청소년 소설 『파드마, 갠지스강가의 어린 무용수』 를 소개합니다. 이 소설은 유럽에서 온 한 이방인이 인도의 어느 마을을 방문하여 그곳에서 몇 개월 머물면서 겪는 이야기입니다. 그곳에서 작가는 무용수를 꿈꾸는 열 살의 어린 파드마가 친구가 됩니다. 파드마는 나중에 자신이 사는 마을에서 멀지 않은 곳에 지금까지는 전설로 알려진 곳에 숨어 있던 고대문화 유산을 발견하며, 이 문화유산을 세상에 알리게 됩니다.

  인도의 시골 풍경과 풍습을 알게 하는, 또한 작가인 티보르 세켈리의 특유한 경험에 근거한 보고서 같은 작품을 우리 독자 여러분은 단숨에 이를 읽어나가리라 봅니다.

  인도말에서 파드마 라는 낱말의 뜻이 '연꽃'이라고 합니다. 청정무구하며 순진무구한 꿈을 쫓아가는 연꽃 소녀를 한 번 감상해 보기를 권합니다.

  옮긴이로서 저는 작가 티보르 세켈리의 눈과 귀를 따라 이 작품을 읽을 때마다, 정말 르뽀 작가란 바로 티보르 세켈리와 같은 작가를 말하는구나 하고 감탄하게 됩니다. 이 작가의 여러 작품을 읽으면, 곧장 제가 아마존 유역의 쿠메와와가 되고, 『세계민족시집』에 나오는 여러 민족의 일원이 되어, 함께 노래하고 시를 말하고, 세상 사람들과 소통하게 되고, 또 인도의 갠지스강을 배경으로 무용수를 꿈꾸는 파드마가 됩니다.

  번역자인 저는 춤추는 소녀 파드마를 사랑합니다. 내겐 이 춤추는 소녀가 정말 사랑스럽고 이쁘게만 보입니다.

20킬로미터나 되는 먼 길을 이방인 선생님의 손을 잡고, 동네 친구와 함께 배움의 터전이 될 초등학교를 찾아가는 모습은 제 어릴 때 고향의 학교 등굣길을 생각나게 합니다.

산골 소년 시절에 역자가 살던 고향 마을의 뒷동산에 오르면 낙동강 물줄기가 보이고, 마을 앞 신작로에 간혹 오는 버스나 화물차를 보면 신기하듯 가까이 뛰어가 보던 소년이 20대에 부산에서 에스페란토라는 번역 도구를 만나, 세상을 두루 여행한, 정말 재능있는 르뽀 작가 티보르 세켈리의 탐험 세계를 볼 수 있다니! 이는 정말 흥미로운 번역 세계였습니다.

이 책에 실린 중국화가 뚜어얼군(多尔衮)의 작품은, 역자와 중국어 번역가 위지엔차오(于建超)의 사용요청에, 화가의 호의적인 사용허락이 있었기에 진심으로 화가에게 감사드립니다. 번역 작품의 이해를 위해 중국어 번역자의 글 1편을 실었습니다.

감사의 인사말로 끝맺음을 해야겠습니다.

부산에서 문학활동하시는 아동문학가 선용 선생님, 화가 허성 선생님, 중국에 계시는 박기완 선생님, 그 세 분 선생님은 늘 저의 번역작업에 성원과 격려를 해 주셨습니다.

한국에스페란토협회 부산지부 회보 <TERanidO>의 초기 편집자들인 의사 이현우, 의사 정찬종, 사업가 최향숙 씨 등과, 제게서 에스페란토 첫걸음을 내디딘 박연수 박사, 초빙교수 최성대, 교사 정명희, 사업가 강상보, 시인 김철식 등 에스페란토 동료들의 성원에도 감사드립니다.

부족한 제 번역작품을 흔쾌히 출판해주신 진달래출판사 대표님께도 감사의 말씀을 남깁니다.

늘 묵묵히 번역 일을 옆에서 지켜보시는 빙모님과 어머니를 비롯한 가족 여러분께도 고마운 마음을 남겨봅니다.

<번역자 소개>

장정렬(1961~)

창원에서 태어나 부산대학교 공과대학 기계공학과를 졸업하고, 1988년 한국외국어대학교 경영대학원 통상학과를 졸업했다. 현재 국제어 에스페란토 전문번역가와 강사로 활동하며, 한국에스페란토협회 교육 이사를 역임하고, 에스페란토어 작가협회 회원으로 초대된 바 있다. 한국에스페란토청년회 회장을 역임했다. 거제대학교 초빙교수, 동부산대학교 외래 교수로 일했다. 현재 한국에스페란토협회 부산지부 회보 'TERanidO'의 편집장이다. 세계에스페란토협회 아동문학 '올해의 책' 선정 위원이기도 하다.

－한국어로 번역한 도서

  『초급에스페란토』(티보르 세켈리 등 공저,

  한국에스페란토청년회, 도서출판 지평),

  『가을 속의 봄』(율리오 바기 지음, 갈무리출판사),

  『봄 속의 가을』(바진 지음, 갈무리출판사),

  『산촌』(예췐젠 지음, 갈무리출판사),

  『초록의 마음』(율리오 바기 지음, 갈무리출판사),

  『정글의 아들 쿠메와와』(티보르 세켈리 지음, 실천문학사)

  『세계민족시집』(티보르 세켈리 등 공저, 실천문학사),

  『꼬마 구두장이 흘라피치』(이봐나 브를리치 마주라니치

  지음, 산지니출판사)

  『마르타』(엘리자 오제슈코바 지음, 산지니출판사)

  『국제어 에스페란토』(D-ro Esperanto 지음, 예인들)

  (공역)

  『사랑이 흐르는 곳, 그곳이 나의 조국』(정사섭 지음,

  문민)(공역)

  『바벨탑에 도전한 사나이』(르네 쌍타씨, 앙리 마쏭 공저,

  한국외국어대학교 출판부)(공역)

－에스페란토로 번역한 도서

  『비밀의 화원』(고은주 지음, 한국에스페란토협회 기관지)

  『벌판 위의 빈집』(신경숙 지음, 한국에스페란토협회)

  『님의 침묵』(한용운 지음, 한국에스페란토협회 기관지)

  『하늘과 바람과 별과 시』(윤동주 지음, 도서출판 삼아)

  『언니의 폐경』(김훈 지음, 한국에스페란토협회)

  『미래를 여는 역사』(한중일 공동 역사교과서, 한중일

  에스페란토협회 공동발간)(공역)

파드마, 갠지스강가의 어린 무용수

인　쇄 : 2021년 6월 15일 초판 1쇄
발　행 : 2021년 6월 25일 초판 1쇄
지은이 : 티보르 세켈리(Tibor Sekelj)
옮긴이 : 장정렬
화　가 : 뚜어얼군(多尔衮)
펴낸이 : 오태영
출판사 : 진달래
신고 번호 : 제25100-2020-000085호
신고 일자 : 2020.10.29
주　소 : 서울시 구로구 부일로 985, 101호
전　화 : 02-2688-1561
팩　스 : 0504-200-1561
이메일 : 5morning@naver.com
인쇄소 : TECH D & P(마포구)

값 : 9,000원
ISBN : 979-11-91643-05-3 (43890)